U0058498

少年廚俠 2

西湖鳴冤記

文/ 鄭宗弦

圖/ 唐唐

目錄

作者序　結合「美食」與「武俠」的冒險之旅　文／鄭宗弦　5

推薦序　以「灶幫」再現「以武行俠」的文化魅力　文／國立臺東大學兒童文學研究所副教授　黃雅淳　10

第一章　隱居塔頂的神祕高手　18

第二章　追查紅牛大火的真相　25

第三章　充滿巧合的夢境　35

第四章　外公傳授點穴術　44

第五章　教訓校園惡霸　55
第六章　深夜裡的可怕遭遇　69
第七章　魚虎湯的祕密武器　85
第八章　宣布廚藝決賽結果　96
第九章　兩方少年的肢體衝突　104
第十章　吵鬧不休的調解宴　112
第十一章　主戰，還是主和？　125
第十二章　噬血魔再次現身　138
第十三章　殺氣騰騰的大喜之日　151

第十四章　叔嫂團圓　164
第十五章　對決噬血魔　176
第十六章　總決賽正式登場　186
第十七章　感動的和解時刻　201
附　錄　廚俠必備祕笈　212

作者序

結合「美食」與「武俠」的冒險之旅

文／鄭宗弦

去年初我曾在粉絲團上宣告，我想寫一套少年小說，讓辛苦做菜的媽媽好好休息，改由孝順的孩子做菜給媽媽吃。

恰好親子天下的編輯來信邀請合作，我便闡述了這一小說系列的創作理念，並提出創作計畫。兩方一拍即合，隨即著手創作這一套少年武俠小說。

少年武俠小說？

是的，您沒有看錯，這是集合老、中、青、少廚師們，所共同演出的少年武俠小說。

煎、煮、炒、炸、蒸、燴、溜、燙、烤、焗、爆、煲、氽、熬、煨、燒、燜、燉……廚師做菜的十八般廚藝，刀技火候，水裡來火裡去的，都讓人產生武功的聯想。因此我讓書中的廚師具備頂尖武功，主人翁志達的母親是鼎鼎有名的總鋪師，在家學薰陶之下，志達也擁有武藝與廚藝的龐大潛力。

我生長在糕餅之家，從小跟著家人製作麵包、蛋糕、紅龜粿等點心，了解從事飲食工作者的辛苦，而廚師又比起點心師父更加艱辛，刀子、爐火都容易使人受傷，油煙更會害他們生病，他們在為大眾創作出美味、帶來幸福的同時，往往犧牲了健康與安全。

廚師們創作出經典名菜，不僅滿足人們的口腹之欲，也提供美談讓人樂道回味，人們總說中華料理博大精深，卻忘了這是歷代廚師們勞苦的累積。然而古代廚師的社會地位低下，知識份子雖然用文字記錄了美食，卻很少為廚師作傳記。我寫這一系列的目的，便是想藉由有趣的故事，來表揚廚師們的貢獻。

這是一趟飲食文化的探索之旅

中華料理因幅員廣大，大略分為閩、浙、粵、魯、蘇、湘、徽、川，八大菜系。我讓主角穿越時空，帶領讀者一探名菜發明的起源。

許多名菜的典故成為膾炙人口的故事，稍加改編便能引人入勝。但有些名菜或許是一地風俗，社會集體的創作，或是佚失了發明人與相關情節，而沒有專屬於它的故事，我希望能藉由這個系列來彌補這個缺憾。

這也是一趟探索武功的冒險之旅

中醫主張「藥食同源」，又說「五味入五臟」，因此調和平日的飲食就是養生的良藥。中醫認為精、氣、神、血為人體能量之源，氣為血之帥，血為氣之母，穴道與經絡是能量匯聚之處，正確的呼吸與運動能使能量在身體運作順暢，甚至衍生出更強的能量。進一步衍生出功夫、運氣、掌風，乃至隔山打牛、隔空抓物等有如特異功能的武功說法，讓人產生許多浪漫的想像。

這又是一趟感受俠義的體驗之旅

我看到許多喜歡閱讀的孩子，想要閱讀有關充滿想像力的大部頭書籍，選擇了市面上的武俠小說。然而武俠小說是為成人而書寫的，又有「成人的童話」之說，其中刀光劍影，江湖恩怨的情節太深沉，並不適合少年兒童閱讀。

韓非子說：「俠以武犯禁。」古代的俠客救急扶危，愛打抱不平，有時放蕩不羈，違法犯紀，這樣的俠客並不是孩子學習的典範。我想創作一套專門為孩子而寫的武俠小說，將「武」的部分控制在暴力範圍之內，而「俠」的部分，撇除任性的違法，而導向濟弱扶傾，輕財重義，伸張正義的利他行為。

這還是一趟族群文化的融合之旅

八大菜系之外，我還想在故事中加入京菜和臺菜。

北京城是中國歷史上最後一個王朝的政治中心，來自各地各省的達官貴人匯聚在此，必然會衍生出豐富的飲食文化。而臺灣經歷過荷蘭、明鄭、清朝、日本等政權的統治，飲食文化都有各國的遺留。加上西元一九四九年國民政府遷移到臺灣，帶來各省一百多萬軍民，也把各地的飲食文化帶過來。這些人當中不乏資本家、大地主、高官和滿清遺老，這段歷史也讓中國各地精緻高級的宴客大菜都在臺匯聚，使臺灣成為中華飲食文化的大熔爐。

這一套結合「美食」與「武俠」，由功夫高深的廚師們一同演出的「美食派少年武俠小說」已經上場，請跟著主角們一起縱橫古今，吃喝玩樂，伸張正義吧！

推薦序

以「灶幫」再現「以武行俠」的文化魅力

文／國立臺東大學兒童文學研究所副教授　黃雅淳

武俠小說是華文大眾文學的主要類型之一，具有獨特的民族色彩，其中常以琴棋書畫、山川地理、陰陽五行、醫卜星相、佛道哲理、詩詞歌賦等濃厚的文化元素與特定的歷史時空，填補我們對歷史空白處的奇思遐想，投射我們在正邪纏鬥的「江湖」中，所反映出人性複雜與掙扎的思索，同時亦迎合讀者對「法外正義」的期待，因此形成一種中華文化式的想像魅力。

而飲食是人類生存所需，所謂「民以食為天」。中國從西周起，在傳統的陰陽五行哲學思想、中醫營養攝生學說等因素的影響下，透過選料、刀工、火候、技法、五味的特色，創造出獨特的烹飪技藝。並且在特定區域內，由於氣候、地理、物產及飲食風俗的不同，經過漫長歷史演變而形成的一整套自成體系的烹飪技藝和風味，發展出不同的菜系，共同成就博大精深的中國飲食文化。

曾經榮獲教育部文藝創作獎、九歌現代兒童文學獎、玉山文學獎……等數十個獎項的作家鄭宗弦，以多年創作少年小說積累的功力，別出心裁的融合了傳統武俠小說的俠義精神、西方成長小說對自我與存在議題的探索，將小說的時空建構在臺灣當代的地景中。以中國五大菜系的發展歷史與特色、臺灣的在地的辦桌文化為題材，虛構出一個從秦代就已組成的祕密組織「灶幫」。幫內「灶人」不僅掌控了全球餐飲界，更是各大門派的武功起源。其中有部分「灶人」隨明鄭時期來到臺灣，有部分於一九四九年隨國民政府來臺，漸漸發展成「官灶」與「民灶」兩派，其中蘊藏的龐大勢力引來了人心的傾軋與爭鬥。

主角志達是十三歲的國中生，剛通過入幫儀式成為灶幫的弟子，父母都是廚藝高超的「廚俠」，但父親卻在他五歲那年意外身亡。母親陳淑美帶著志達回到臺南娘家，組成「新府城辦桌團」。但她為了查出「真相」，參與灶幫幫主選拔，雖獲高人暗中相助而險勝，卻在慶功宴上遭人暗算，中了「五毒陰功」，導致經脈寸斷，全身癱瘓，必須靠失傳已久的「全脈神功」才有機會痊癒。志達為了醫治母親，積極尋找祕笈的下落，並在一次意外中發現灶幫寶物軒轅石的祕密，而一次次的穿越時空回到古代，尋找五大神菜的內力心法以修練神功，由此引出高潮起伏、情節曲折的故事發展。

中國武俠小說的俠客，雖身懷絕技卻多混跡於常人之中，身處流俗卻又超於流俗。【少年廚俠】系列承襲武俠小說的傳統，塑造出現代生活情境中的平凡人物，既根植於現實日常，又展現俠義理想。藉由主角志達的冒險歷練將青少年的成長議題融入，結合歷史變遷與幻想江湖，開創輕武俠的新局。

或許，人生即是江湖道場，讀書、做事也如練武修道。相信青少年讀者在作者忽張忽馳的筆力吸引下，將隨著主角穿越古今，在尋求神功心法與廚藝精進的艱辛過程中，映照自身的成長經驗，體味人性的至深至樂與仁者無敵的境界，並沉醉在他以「灶幫」再現「以武行俠」的文化魅力。

登場人物介紹

林志達

少年廚俠之一。在誤食方家的千年老麵後，發現灶幫信物——軒轅石的祕密，並穿越回到明鄭時期的臺灣，習得「全脈神功」第一式，修復了母親兩組經脈。

劉安南

志達的同班同學。母親阿弟在羽萱家中幫傭，因為自卑母親的新住民身分經常霸凌同學，在外惹是生非。

方羽萱

少年廚俠之一。和志達一起解開前幫主湯之鮮留下的口訣謎底，穿越回到明鄭時期，並且帶回雞仔豬肚鱉的料理心法。

李繼程

少年廚俠之一。在聽完志達和羽萱穿越時空的遭遇後，因曾聽其他人描述過類似的畫面，讓志達和羽萱決定前往繼程家中調查。

噬血五魔

來自古代的妖魔，原形是五種野獸，化為人形矇騙人們，代替幕後真凶做了許多壞事。

第一章 隱居塔頂的神祕高手

東方初破曉，白茫茫的輕紗籠罩著平滑如鏡的潭面，天地在隱約間顯得幽靜而神祕。

不一會兒，層層相疊、薄脆透光的山巒現身了，彷彿是麗池畔端坐著十多位含羞的美人，個個圍著白裙帶，低頭不語，卻暗中在爭妍比美。

冬雨過後春雨又連日而來，使得日月潭水位滿漲，加上上游水庫放水，水蛙頭步道旁的九蛙疊像難得的全沒頂了。

水上景色如此優美靜謐，水面下卻是暗藏洶湧。

明潭發電廠的圓形進水口滾滾吸吮著潭水，推轉著底下巨大的發電機，潭面上數不盡的點點漣漪，都是水下生物逐浪翻滾的痕跡。別以為是魚兒們在樂活嬉戲，其實是凶猛勝於食人魚的魚虎正在獵殺小魚，那凌亂交雜的波紋，正是小魚倉皇逃生翻跳求救的可憐訊號。

魚虎是泰國鱧魚的俗稱，因性情暴烈似虎而得名，是有名的生態殺手。不過牠們肉質甜美彈牙，廣受饕客喜愛，具有相當高的經濟價值。

果不其然，岸邊六位釣手一下竿，水花頓時激越四濺，千百尾魚虎張大尖牙利嘴，爭相搶奪投入的鯁魚釣餌——愈是生龍活虎的活餌，愈具有致命的吸引力。

上鉤的魚虎都超過六十公分，甚至不少比人腿還粗還長。五個大水桶內很快進了魚，等它們都裝滿之後便會被扛上小貨車，送往臺北最高級的大飯店，放入清水池中吐沙淨身數天，以供應灶幫所舉辦的「企業盃廚藝大賽」。

「怪了，我記得這裡是邵族人的領地，禁止外人捕魚的，不是嗎？」一位年輕釣手疑惑的問領隊的人。

「原本風景區是不該有捕獵行為的，但是魚虎氾濫成災，政府便開放讓人申請抓捕了。」領隊回答。

「早從西元兩千年左右開始，外來的玻璃魚便逐漸消滅了本土的奇力魚，緊接著紅魔鬼和九間始麗魚有如長江後浪推前浪，一種取代過一種，現在輪到魚虎耀武揚威了。」一旁的老手也補充。

「別看現在是魚虎的天下，將來這片江湖的最後贏家會是誰，誰也不知道。唉，不禁讓我想起灶幫新任幫主陳淑美悲慘的遭遇。」領隊語重心長的說。

這時，遠處的慈恩塔頂內，一個盤腿打坐閉目入定的白衣人，右耳輕輕動了動，專注的聆聽。

「怎麼了嗎？」那年輕釣手好奇詢問。

「這麼大的事，你竟然不知道？」那位老手張大眼睛，驚訝又像是在怪罪。

「我不是灶幫的人，他們又那麼神祕，怎麼會知道呢？快說，到底怎麼了。」年輕釣手無辜的說。

領隊指著對岸的教師會館說：「不久前灶幫舉辦幫主選拔的武藝大賽，就在那會館的杏壇邊，陳淑美贏得幫主的寶座，可是慶功宴上卻遭不明人士下毒，使得她全身癱瘓。」

「天哪！這麼可怕。」年輕釣手驚呼，「她變成植物人了嗎？」

「沒有，」老手顯然知道不少資訊，滔滔不絕的說：「聽說是脖子以下全部癱瘓，腦筋還是清醒，後來送到北部的一家安養院調養。可憐啊！孤兒寡母的，她那過世的丈夫林耀雄，生前是慷慨好施的廚俠，怎麼好人不長命，妻小又被人欺呢？這老天真是不公平。」

「醫得好嗎？」領隊問老手。

「難啊！」老手難過的搖頭，「那不是普通的病，是中毒，而且全身經脈寸斷，群醫束手無策。」

「聽起來像是有人想謀權竄位。」年輕釣手理所當然的推論。

那塔頂上的白衣人心弦遭受撩撥，挑動眉尾，嘆了一口氣。

「只是警方到現在還沒破案。」領隊不禁長嘆，「世上名利人人愛，可是江湖險惡，爭名逐利的結果，往往沒有好下場。」

這時，年輕釣手釣到一條大魚，一邊收魚線，一邊笑著說：「如果我是灶幫的幫員，也想當幫主，多威風啊！」

「想得美喔！當幫主得要廚藝頂尖、武藝絕倫，你會什麼？」老手取笑他。

「我會釣魚啊！你看。」年輕釣手得意的炫耀剛到手的魚虎。

「就你會？」老手看著自己半滿的水桶，「你釣的有我多嗎？」

「啊——」年輕釣手忽然瘋狂大叫，他剛撤掉釣餌，卻不小心被魚虎咬住他的左手大拇指。「救我、快救我！」

「快掰開魚的嘴巴，快！」

領隊一聲令下，其他釣手紛紛聚過來，可是每個人手上都拿著釣竿，釣竿的線尾勾著活生生的鯁魚魚餌，只要一放手，釣竿就會被鯁魚拖入潭中。

領隊看大家遲疑，便放掉自己的釣竿，趕緊過去要掰開魚嘴，卻見那條魚虎咬下什麼東西掙脫了。剎那間，鮮血從年輕釣手的手掌噴出，滴滴入水暈如紅花。

「啊！」眾人見狀嚇得目瞪口呆。

「別讓他跑了！別——」年輕釣手痛哭哀求。

眾人聞聲彎下腰，一手拉竿，另一手試圖下去抓魚。

誰知那魚虎伶俐得很，不斷甩尾，躲過眾多追捕，最後撲通一聲躍回了潭中。

「我的手指！我的手指！」年輕釣手跪在岸上，衣褲都染上鮮紅色的血。

「快叫救護車！」領隊說著，從口袋掏出手機。

「快把魚抓回來——」年輕釣手仍苦苦哀求。

「唉！怎麼可能？」老釣手無奈的搖頭。

就在倉皇無措之際，一團白影從慈恩塔頂飛落而下，輕功三踏越過樹梢即來到傷者身旁，朝他心口天池與手臂內關各點一穴，那手掌的指根便止了血。

大家還沒看清來者的面目，他已拾起一塊石頭側身朝潭心丟出，石頭如手滑琴鍵似的彈出連綴的水漂，同時縱身踩上水漂，並在潭心之處伸手往水下探去，瞬間嘩啦一聲，偌大的水花自潭底怒放，一條魚虎自中心騰起。

白衣人一揮手，魚虎便被那內力甩上岸，正中那年輕釣手的頭部，釣手頓時昏迷，魚虎受到撞擊吐出腹中的那根斷指。

「人昏過去才不會疼痛難挨，快帶著斷指就醫，等救護車來就太晚了。」

幾句話清晰明瞭，彷彿在眾人耳邊仔細叮嚀，字字印入人心，但還沒等到回應，那說話的人已從潭心跳到旁邊遊船，再跳到其他船上，不知蹤影。

領隊載走傷患之後，其他釣手們不敢再大意，戰戰兢兢的繼續釣魚。

載著傷者的小貨車急速狂飆，很快岔出環潭公路，後車廂卻站起一個人。那人衣衫飄飄，眉髮飛揚，正是剛才救人的白衣人。

他神色憂愁的望向前方，猶如站在離港的大船之首，準備重回波濤洶湧的黑色汪洋。

第二章 追查紅牛大火的真相

領隊和老手都只知其一，不知其二，有關灶幫新任幫主的事情，後來有了諸多變化。

據說「全脈神功」可以修復寸斷的經脈，可惜記載神功的祕笈卻失傳已久。

新幫主的兒子林志達為了就近照顧媽媽，轉學到板橋，和一起加入灶幫的方羽萱同校。他無意間吃了方家的千年老麵，獲得深厚的內力，連腦力也增強，很快破解了有關祕笈的謎語，得到了傳言中的祕笈。

志達和羽萱順利的用軒轅打火石穿越到明鄭時期，學到了「包容之美」的內力心法，志達回到現代後，也自我演練出「全脈神功第一式」，修復了媽媽的脾經和胃經。

然而在明鄭時期，志達遇到了狂狼噬血魔作亂，並發現他的背後藏有幕後主使者「主上」，「主上」極有可能是毒害媽媽的主謀，志達決心要查出他的真實身分。

當志達敲擊軒轅打火石穿越回到古代時，會冒出藍色的火焰，火中有藍色大熊出現，「主上」似乎也有一顆打火石，不過是從紅色的火焰中跑出大紅牛。

就在修復新幫主脾胃經脈的那一晚，另一位新幫員李繼程，在「少年廚俠」群組裡頭告訴志達和羽萱，他曾經聽人描述過類似的景象。

志達和羽萱驚訝的從椅子上跳起來。

他們互相看著對方，認為這是一條非常寶貴的線索。

志達回傳訊息給繼程。

志達：你明天放學有空嗎？我們想去找你。

繼程：明天可以。想約在哪裡？

志達：隨便你，只要能找到你說的那個人。

繼程：那個人是我的阿姨，就住在我外公家，跟我們住在一起。

志達：可以直接去你家找她嗎？

繼程：當然可以，但是要先找我。

繼程最後這句話有點刻意搞笑，但志達和羽萱都笑不出來，臉上還如冷霜一般，凝結了焦慮和不安。

「萬一他的阿姨就是『主上』，怎麼辦？」羽萱有些擔心。

「那最好，叫她拿出解藥，然後我要好好教訓她。」志達握起拳頭，憤恨不平的說。

「希望這麼簡單就好了。」羽萱倒不像志達那麼樂觀。

隔天上課時，志達焦躁難耐，只想著趕快到下午五點，去繼程家裡找他。

終於放學了，他們依照繼程在群組裡的指示，搭捷運來到臺北市信義區的一棟豪華大樓前面。

抬頭看去，這棟大樓共有二十幾層樓高，一到四樓燈火通明，透過落地玻璃牆，明顯可以看見裡面觥籌交錯，熱鬧非凡，分明就是一間大飯店。

「『瀟湘煙雨湘菜館』？李繼程該不會住在這家餐廳裡面吧？」方羽萱指著七彩霓虹燈大招牌，納悶的問志達。

志達聳聳肩，無法回答，卻聽得一個爽朗的男孩聲音從身後響起：「不是我住在這家餐廳裡，而是這家餐廳在我家。」

「哈，繼程。」羽萱轉身看見熟悉的身影。

「什麼叫做這家餐廳在你家？」志達不解的問。

「走吧！」繼程沒有回答，而是彎腰舉手，指引他們往湘菜館裡頭走。

「要請我吃大餐嗎？我沒有心理準備。」羽萱不好意思的說。

「我們是來找你阿姨的呀！」志達著急說。

「沒錯，她就在這間大樓裡面。」繼程沒有再多作解釋，直接在前頭領路。

餐廳裝潢得十分高級，毛茸茸的金黃地毯、清朝宮廷式的雲龍圖案格子天花板、大紅宮燈、紅木桌椅、牆上掛有許多精美的書畫作品，空氣中還瀰漫著濃郁的菜香。打扮整齊的服務生看見繼程都鞠躬讓路，宛如迎接小王爺駕到，令志達和羽萱嘖嘖稱奇。

三人進入電梯之後，繼程像是好不容易脫身似的呼口氣。「我真不喜歡這樣，叫他們別鞠躬都不聽。在美國的時候，人人平等，我到餐館找我爸媽，服務生見到我，頂多點頭問好。」

「你們家生意做得真大，在美國還有分店？」羽萱好奇的問。

「有啊！紐約、舊金山、洛杉磯都有分店。」繼程答。

電梯在十五樓停下，門開之後，繼程走出去說：「到了，十五樓到十八樓是我們的住家。」

「其他樓層呢？」羽萱又問。

「十四樓以下出租給別人當辦公室。」

「可是我看到電梯裡面的按鈕，一共有二十一樓，還有三層地下室。」

「十九樓和二十樓是餐廳的辦公室，二十一樓是練功房。」繼程回答。

「你阿姨到底在哪裡？」志達等得不耐煩了。

「別急。」繼程帶他們走到一間房間前，把門打開說：「就在這裡。阿姨，我帶同學來找你玩囉！」

「找你玩？我們是有要緊……」羽萱急忙解釋。

「爸爸背著洋娃娃，走到學校來看花……泥娃娃，泥瓜瓜，一個泥媽媽一個沒有眼睛……一個沒有嘴巴，真偉大，真偉大……」

房裡傳來一個女人的歌聲，聲音嘹亮輕緩，但五音不全，歌詞凌亂。

「你阿姨是剛從美國回來嗎？怎麼把兒歌唱成這樣？」志達不免疑惑，小聲問道。

「她沒去過美國啦！」繼程笑著說。

房間內的電視在播放影片，可是阿姨的眼睛卻沒有看著電視，而是抱個一個娃娃，蹲在窗戶旁的角落裡唱歌。

繼程帶他們來到阿姨面前。「來，見過我阿姨。」

「繼程阿姨……你好……」志達和羽萱不自覺張大眼睛，說不出話，只因眼前的女人看上去約三十多歲，卻穿著蕾絲裙的小公主打扮，完全出人意料。

見到志達和羽萱，那女人不但不打招呼，還嘟起嘴，把娃娃藏在懷裡，轉過身去，生氣的說：「不要搶我的寶貝，走開、走開！」

「我們沒有要搶你的東西，我們只是來問你幾個問題。繼程說，你曾看過一個奇特的畫面……」志達迫不及待的上前。

「走開、走開！」阿姨轉過頭，講著同樣的話，而且情緒異常激動。

羽萱嚇得退了幾步，繼程連忙上前，從口袋裡拿出軟糖安撫說：「來，虹虹阿姨吃糖糖，乖。」

「糖糖、糖糖！」阿姨開心的望著糖果，拿了就撥開包裝紙往嘴裡塞，然後瞇眼微笑，情緒一百八十度大轉變。

志達和羽萱都看傻眼了。

「抱歉，我沒有事先告訴你們。我不是有意要嚇你們，只是很難在電話中講明白，我想等你們親自看到她的模樣，就會知道了。」繼程轉身對他們說。

「你的阿姨……」羽萱指著眼前的老公主，然後比比自己的腦袋。「那個……有問題……」

「沒錯，她……其實我也搞不清楚她是智能障礙，還是精神分裂症，反正從我懂事開始，她就一直是這個樣子。」繼程坦承的說。

「可是，你明明告訴我們你阿姨說，轟一聲大火燒起來，一隻怪獸從火裡跑出來。」志達不解的問。

「是的，我聽她說過，從小到大聽過很多次。」繼程轉過去，溫柔的對阿姨說：「對不對阿姨？你和我說過，轟一聲大火燒起來，一隻怪獸跑出來？」

「轟一聲大火燒起來，一隻怪獸跑出來。」阿姨停止吃東西，眼神閃現驚恐的神情，專注而焦躁的望著繼程，似乎真的看見怪獸出現。「轟一聲大火燒起來，一隻怪獸跑出來。轟一聲大火燒起來，一隻怪獸跑出來。哇！不要……不要出來……不要……」

她說著竟不斷退縮，還害怕的哭泣，猛搖頭揮手，彷彿看到什麼妖魔鬼怪。

「不哭、不哭……」繼程蹲下來抱著她，像是在哄一個五歲的小妹妹。

志達聳聳肩，無可奈何的說：「沒想到是這樣的情況，這怎麼問下去呢？」

羽萱也雙手插腰，一臉不高興。「你應該早點說清楚，簡直是浪費時間。」

「不！我沒有要瞞你們的意思。她常常說出這些話，一定有什麼原因。你們不覺得奇怪嗎？」繼程真誠的說。

「嗯，確實不尋常。」志達蹲下，雙手抱胸，像研究特有生物那般，直愣愣的盯著眼前的女子。

阿姨被看得害羞，又膽怯的放聲大哭。「嗚啊……」

「虹虹，怎麼了？」一個蒼老的聲音從門外傳來，伴隨著急切的腳步聲。

「爸爸、爸爸，他們壞壞……」阿姨竟然奔向門口，向來人告狀。

「噢，我的乖虹虹，是誰壞壞呀？」

那聲音的主人進了房間，志達往房門口看去，魏鼎辛長老抱著笨重的老公主，微笑站在他們面前。

志達和羽萱站起來，恭敬的說：「魏長老好。」

魏鼎辛不愧是練武之人，抱著成人的身體卻絲毫不顯吃力。

他輕輕撫摸女兒的頭，看向兩個客人，又看了自己的外孫，隨後調皮的說：「原來是你們三位小壞蛋，哈哈哈！」

第三章 充滿巧合的夢境

「新入幫的小幫員們。」魏鼎辛親切的說，「什麼風把你們吹來了？吃過晚餐了嗎？繼程，帶朋友到樓下吃飯吧！我叫廚房準備一桌最高級的湖南菜。」

「不行，我待會兒還要去上鋼琴課呢。我和我家司機約好，六點半他會來這裡接我，時間要到了。」羽萱婉拒。

「那麼志達留下來吃飯吧！難得來到我們湘菜館，一定要吃過飯才能走。」魏鼎辛堅持的說。

「不，魏長老，其實我們是來問阿姨一件事的。」志達急切的說。

「有什麼事，問我也是一樣。」魏鼎辛依舊放輕聲音，給繼程一個眼色說：

「你先帶朋友到客廳去坐會兒，我抱你阿姨去休息，等等就來。」

「好。」繼程應聲，帶志達和羽萱走出房門。

「你們家真大。光是一個房間，就差不多跟我阿姨家一樣大了。」志達忍不住讚嘆。

「這裡少說也有一百坪吧！」羽萱也羨慕的說。

「應該吧！」繼程領他們來到客廳，坐上柔軟的牛皮沙發。「但我不太在意這些。」

「你跟我一樣。」志達笑著對繼程說。

「什麼東西一樣？」繼程認真起來。

「不太在意生活上的細節。」志達也認真的回答。

「唉！我每天要補習，要學才藝，還要練功，忙得要命，哪有心思留意這些？」繼程發起牢騷。

聽到練功，激起志達的興趣。「你們也會用大灶練功嗎？」

「是啊！就在樓上，我帶你們去看。」繼程站起來。

「可是你外公要我們等他……」志達覺得不妥。

「沒那麼快，別看我阿姨在我外公懷裡睡得那麼安穩，她只要一沾到床馬上就會醒過來，沒有十來分鐘我外公是不會出現的。我帶你們上去看看，很快就下來。」繼程說。

「好啊！」羽萱興致勃勃的起身。

在三人搭電梯的時候，羽萱問：「樓下餐廳的客人不會誤闖到這兒來嗎？」

「不會。這棟大樓有六臺電梯，我們搭的這一臺是專供樓上住家使用的。」繼程說明。

三人來到二十一樓的練功房，繼程打開電燈後，映入眼簾的是沙包、跑步機、擴胸機、啞鈴等現代的健身設備，當然也有木樁、刀劍、棍等傳統武術器材。而且這個樓層特意挑高，沒有隔間，比一般大型的舞蹈教室還要大上三倍。

「我舅舅都是在這兒練功。」繼程說。

志達簡直嘆為觀止，不免自嘲說：「你們絕對想不到我媽是在哪裡練功。」

「哪裡？」另外兩人好奇的問。

「三合院的老灶房。」志達苦笑。

「咦，大灶呢？沒看到啊！」羽萱疑惑的問。

「在上面。」繼程帶他們從樓梯間爬上樓頂的露臺。

「哇，好大的灶！」兩人看到又是一陣讚嘆。

那個大灶，比King Size的彈簧床還大，上頭開了四個爐口，可以同時放上四個大鐵鍋，旁邊有個遮陽棚，底下堆滿木柴，還有一把大斧頭。大樓上的露臺少了柱子阻擋，空間寬闊，即使奧運體操選手在這兒翻滾跳躍也沒問題。

「在這兒練輕功，得小心跳到女兒牆外。」羽萱打趣的說。

「哈，歡迎你們一起來我家練功！」繼程熱情邀請。

「四個大灶燒出的鹽水之氣，一定不同凡響。」志達說。

「好了，我們下去見我外公吧。」繼程說完，帶他們回到客廳。

魏鼎辛已經在那兒了，見到他們笑說：「你們說有什麼事？」

三人才剛坐下來，志達急忙開口：「我們聽繼程說，他阿姨常常說起火裡有怪獸跑出來，那是怎麼回事？」

「我女兒痴痴傻傻的，說什麼都不能信的。」魏鼎辛一派輕鬆的說。

「可是她常常說一樣的事，應該有什麼原因。」羽萱說。

「八成是做夢夢到的吧！我小時候也常夢到鬼來抓我，嚇得我尿褲子呢！」魏鼎辛笑說。

「怎麼那麼巧……」志達疑惑的說。

「什麼事那麼巧？」魏鼎辛問。

「我是說那麼剛好，阿姨都做同樣的夢。」志達解釋。

「這種巧合不是沒有，尤其是看了電視、電影裡妖魔鬼怪之後，留下的印象太深刻，都可能連續做惡夢啊！」魏鼎辛說完轉向繼程，「對了，照顧你阿姨的看護楊小姐呢？」

「我放她兩小時的假，她在七點半我去上英文課之前會回來。」繼程說。

「以後不准這樣。」魏鼎辛拉下臉，表情嚴肅。

「我想說有我們三個在家陪虹虹阿姨。」繼程解釋。

「看護是看護，你是你，不可以把身分位置顛倒了。要都像你這樣，這世界就亂了。」魏鼎辛的口氣頗為嚴厲。

「知道了。」繼程低頭，似乎有點委屈。

「對了！」魏鼎辛彷彿想起什麼有趣的事，又轉對志達笑說：「你們若是有興趣，可以用夢境來占卜吉凶。網路上有周公解夢大全，不妨上去查查。」

志達覺得離題了，用眼神示意羽萱後便說：「那這樣沒事了，謝謝魏長老的招待，我們就不打擾了。」

「你們為什麼要調查大火和怪獸？是要找出下毒害你媽的人嗎？」魏鼎辛好奇追問。

「是的。」志達鄭重的點頭。

「你放心，如果我得到相關的消息，一定會通知你，這件事我義不容辭，隨時都會幫你留意。」魏鼎辛對追查凶手一事也很關心。

「謝謝長老。」志達感激的說。

「真的不吃過飯再走？」魏鼎辛想了想又改口，「既然這樣，那我也就不多留你們，改天再來家裡吃飯！」

「我的生日就快到了，下個月十一號。」繼程對外公提議。

「啊，那太好了！就跟以前一樣，辦一桌豐盛的菜餚邀請朋友們來家裡，志達和羽萱到時可一定要賞光呀！」魏鼎辛慈藹的說。

「沒問題。」兩人說完便起身離開。

魏鼎辛和繼程親自送他們下樓，羽萱家的車很快就來了，兩人上車後，魏鼎辛還望著他們，親切的揮手告別。

「繼程的外公人真好，對繼程的阿姨也很有耐心。」羽萱讚嘆說。

「是啊！」志達附和，但由於沒有查到線索，心中不免失望。

志達回到板橋，先到安養院探望媽媽。

外公整天都在安養院，趁著媽媽兩條經脈暢通之際，繼續輸送內力給她。

外公見到志達，對他說：「中醫師早上來針灸時大嘆不可思議，頻頻說是奇蹟。不過我沒有跟他詳細說明，也請他保密，畢竟你媽是被人所害，我想還是低調謹慎一點好。」

在那之後，志達把在繼程家看到的情形告訴外公和媽媽。

「可憐的魏長老……」陳淑美聽完同情的說。

「繼程的阿姨才可憐，她幾乎無法跟我們對話，只活在自己的世界裡。」志達也有感而發。

「不過，她生在家境優渥的魏家，有專人照顧著，也算是不幸中的大幸了。不像貧苦人家，遇上不幸的事，就更辛苦了。」媽媽抿著脣說，「對了，調查下毒凶嫌的事，交給警察去處理就好了，免得遇上壞人，媽媽擔心……」

志達想了一下，點點頭。「好，我會的，媽媽不用擔心。」

但當下他也做了一個決定，不再跟媽媽說追查凶嫌的事了，以後只聊學校的事，免得惹媽媽煩心。

「志達，我想見識你的新功夫，明天早上練功給我看吧。」外公說。

「好啊！」志達答得乾脆。

晚上外公留在安養院陪媽媽，讓志達一個人回阿姨家。

第四章 外公傳授點穴術

回家後，志達一直覺得背部癢癢的，晚上吃過晚餐、做完功課之後，他便早早上床休息。但這一夜不知怎麼的，他一會兒抓抓脖子，一會兒搔搔小腿，翻來覆去睡不安穩。

到了半夜三點多，志達聽到阿姨和姨丈從夜市收攤回來，乾脆起來上廁所。黑暗中，一個黑點似乎擔心被志達起身時壓扁，迅速從他身上跳了下來，先攀到床緣，又爬上地板。志達回到房間時，隱約看到天花板上有個黑點在爬動。

「是蟑螂嗎？」他原本猶豫要不要開燈，「算了，鄉下三合院的蟑螂那麼多，這裡算乾淨了。」

於是不以為意的睡下，說也奇怪，身體竟然不再搔癢，不久便安然入眠。

凌晨五點一到，志達準時被外公挖起床，兩人步行來到附近河堤外的籃球場。天還沒亮，空氣中溼溼冷冷的，很快趕走了志達的睡意。

志達在籃球場上站定之後，對外公介紹說：「這叫『全脈神功第一式』。」

外公興致高昂的點點頭。

志達蹲步吐納，閉目凝思「包容之美」，不一會兒，熱氣從丹田而生，直衝脾胃，再入兩經脈，手腳身軀跟著氣的流動開始揮舞旋轉，踢蹬掌劈如行雲流水，騰躍翻滾似張旭狂草。

「我還會輕功。」志達話聲未落，人影已躍起站在籃板上。「還可以更高。」

他又屈腿一縱，在空中縱身飛起十多公尺，翻滾數圈後安然落地。

那有如馬戲團空中飛人的俐落騰飛身段，讓外公看得目瞪口呆。

「你可感覺有什麼地方特別不一樣？」外公在志達展示完之後問道。

「有些地方熱熱漲漲的。」志達指著小腿，一路往上到腹部、胸部和頭部。

「這幾處正是胃經和脾經繞行的位置。」外公說。

「特別是這裡，和這裡。」志達指著幾個特別的點。

「是了。足三里、水道、天樞、三陰交、腹結……」外公一一指點那些穴位，然後嚴肅的說：「有病時，針灸這些穴位可以治病；但沒病時，點了穴位卻會害病。」

「怎麼點穴？」志達好奇發問。

「這簡單，只要以你運功給你媽的內力，貫注於中指去擊觸穴位即可。」外公說完彎起右腳膝蓋說：「試試看，點我的足三里。」

志達會意，集中精神將內力貫在右手的中指，往外公膝下穴位觸擊。只見外公臉色一白，額頭冒出冷汗說：「我現在心跳加快，肩頸僵硬，頭痛胸悶，典型的神經衰弱症狀。」

「怎麼辦？」志達自責又慌張。

「別慌，解開穴道就好。解穴的方式和點穴一樣，但縮短觸擊的時間為原來的三分之一，急速縮手回提，把剛才貫進的內力抽取回去。」外公耐心教導。

志達依樣照做，外公隨即呼出一口氣，調整心息，笑說：「你的資質很高，這千年老麵真是找對主人了。」

「那是我命大，不然就被悶死在冷藏櫃裡了。」

「一直知道我灶幫的功夫裡有上乘的神功，沒想到這樣高深，一點也不亞於民灶派與官灶派最頂尖的功夫。或許……全脈神功是官民之外的另外一派。」外公似乎有個新想法。

「我記得前任幫主范衛襄說過，我們灶幫乃是武林中各幫各派的鼻祖，這些門派都是從灶幫分支出去的。」志達回想起入幫儀式的情景，好奇問說。

「沒錯。」

「我看武俠小說裡有一個以劍法著稱的華山派：殘菊傲霜枝、八月桂花香、萱草忘憂……」

「據說陳永華就是華山派的門人。」外公淡然的笑說：「這門派的名稱是他們的先祖取用『花三派』的諧音，食之美花，三占鰲頭：桂花、菊花、萱花是也。」

「那武當派呢？」志達又半信半疑的問。

「原名是『五蛋派』，那一派人的先人，擅長雞、鴨、鵝、鴿、鵪鶉，這五禽與禽蛋的烹煮。」外公說。

志達覺得不可思議，又問：「點蒼派呢？」

「原是『點藏派』，他們的祖輩善於點心製作，最有名的一役，便是元朝末年在點心中藏字條，八月十五殺韃子，趕走了蒙古人。」

志達想到武俠小說中一個特殊的團體，調皮問道：「該不會丐幫也是從灶幫分支出去的吧？」

想不到外公卻點點頭說：「當然，原名『餿水派』，有名的叫花雞就是他們的前輩發明的。」

「那為什麼這些門派還要改名字呢？」

「那是在很久以前，某一任灶幫幫主要求下才改的。」

「為什麼？」

「因為各大門派為了爭名奪利，時常爭鬥，要灶幫幫主主持公道，卻也讓世人誤認為那些紛爭是灶幫中人所引起，而上門來尋仇。當時的幫主認為應該劃清界限，因此召開了武林大會，要求各門派改名，才會變成現今與飲食烹飪無關的名號。」

「那些門派願意嗎？」

「當然不樂意，但花三派最有骨氣，首先附議改名華山派，其他門派一看，也就摸摸鼻子順從了。」

「為什麼我們灶幫的先祖會發明功夫呢？」

「發明？說得真好。」外公哈哈一笑，「自古以來灶幫的先人便發現，我們比一般勞動的人更短命，由於日日與油煙、柴煙等毒物為伍，五臟六腑中肺先受害，肺經又與大腸經互為表裡，腸子也因而受損。若不將這些毒物排除，有毒的氣血便會順著經脈四竄，殃及其他臟腑，危害性命。」

志達一聽，點頭說：「沒錯，媽媽和那些水腳們常常咳嗽呢！」

「是了，因此要常常練功，將毒物排除。」外公又說，「灶人日日半蹲劈柴，在吸吐與運力的過程中，無意間發現丹田聚氣充盈，因而悟出吐納練氣與蹲馬步的功夫。此功夫既可清除血中毒氣，又能強健筋骨，只要用功精進，日久還能練就神妙的內力。」

「君子掌和果拳又是怎麼來的？」志達又問。

「處理食材需要洗、撥、切、割、剁、拔、剔，有灶人在過程中加上氣功，練就專門手技，進而衍生出君子掌，果拳則是直接模擬堅硬的果實而來。」

「媽媽的輕功和劍法呢？」

「先人觀察牛、羊、豬、鹿等四足獸，雞、鴨等二足禽，牠們的彈跳、攻擊、奔跑之勢，鑽研出腿腳功夫和輕功。再搭配菜刀等兵器，以鐵鏟作劍，鐵鍋當盾，大杓為棍，小筷為鏢，同時具備鍛鍊與攻守，進而成為武林門派之宗。」外公說。

「那麼，我的全脈神功，也是這麼來的囉？」

「理論上是如此，不過，無論民灶派或官灶派，功夫都從型態練起，由外而內鍛鍊內力，再由內而外將內力施展開來。你的神功純粹是發自內心，由意念自由導引身體，比這兩派又上乘許多。」外公想了一下又說：「你目前只學到了第一式，不要以為已經習得了全部的功夫。你要好好鑽研，學會其他內力心法，發揚這門失傳的功夫。」

「可是那張祕笈破損嚴重，所畫的銅鼎上面只殘存第一道『雞仔豬肚鱉』的部分菜名，才讓我們矇到第一次的穿越機會。」志達焦慮的說。

「反正時時留意體會，別忘了你媽還等著你救她呢。」

「我巴不得現在就學會。」

「還有，上回你用鐵鏟敲擊打火石，雖然不錯，但鐵鏟畢竟不方便隨身攜帶，得再想個法子。」

「嗯，我有辦法。」志達想了想後回答。

外公又叮囑了一番後，便帶志達回阿姨家，自己則搭高鐵回臺南了。

這一天早上，志達吃過早餐，便把喝湯的鐵湯匙放進口袋裡，上學去了。到了學校，比平常早了半小時，加上剛練完神功，精力旺盛又滿腔好奇，他便用手機上網查人體穴道的資料。

「哇，原來每個穴道都能影響身體的功能，真有趣。」他對照自己身上的穴位，學得好多知識，愈看愈有意思。

早自修結束後，他去上廁所，剛好有人低著頭走出來，與他撞個滿懷。

「啊！」志達叫了一聲。

「你不想活……」那個人是劉安南，是在羽萱家幫廚阿弟的兒子。他本來要發作，抬頭一見是志達，先是一愣，接著便撇過頭去。

沒想到他後面挺出一隻拳頭，凶霸霸的橫在志達面前。

「撞到我們老大還不道歉？」那是班上綽號暴龍的洪采圖。

「喂！新來的苦瓜臉，擺什麼臭臉啊？好像我們欠你幾百萬。」綽號酷鷹的蔣瀟華也拎起拳頭，口氣更壞。

劉安南伸手壓下兩人的拳頭，瞪了他們一眼。「誰要你們兩個多事？」說完便昂起頭，逕自走出廁所。

酷鷹和暴龍困惑的朝志達看了看，但也只能摸摸鼻子跟上。

「老大，你剛才怎麼不對這個新來的下手？」酷鷹追上安南後，不解的問。

「這小子怎麼了？為什麼不趁機教訓他？」暴龍也很疑惑。

「閉嘴！」劉安南怒喝一聲，兩人都不敢再多言。

志達在他們之後回到教室。他不知道剛才不在座位的期間，一個黑點從他的書包爬出來，躲進了抽屜裡面。他也不知道，昨天半夜，那黑點不停的企圖咬他，卻被他身上發出的一股力量阻擋，頻頻被推開而掉落。

到了午睡的時候，那黑點爬出抽屜，悄悄的爬到鄰座的劉安南背上。

安南正在趴著休息，那黑點跳到他頭上，往頭頂狠狠咬了一口。

「啊！」劉安南頓時驚醒，摀著頭叫痛。

「老大，怎麼了？」酷鷹和暴龍聽見後跑來他的座位關心。

劉安南怕被人恥笑，故作鎮定的說：「我沒事！回去睡覺。」

這一切都被志達聽見了，轉頭看了他們一眼。

兩人回到座位上，安南仍然強忍疼痛揉著頭頂。而製造紛亂的黑點則悄悄的竄出教室，往花圃奔去。

陽光的照映下，一隻大蜘蛛赫然現身。

第五章 教訓校園惡霸

下午第一節下課時，學校廣播把劉安南、蔣瀟華和洪采圖都叫進了訓導處。

志達在走廊遇到了羽萱，好奇的問：「你聽到了嗎？發生什麼事了？」

「還用說，一定是這惡霸三人組又霸凌誰了。」羽萱不假思索的說。

志達不可思議的望著羽萱。

「不信的話，跟我走。」羽萱帶他來到訓導處外，透過窗戶，志達看到安南三人正被主任訓斥著，一旁還有同班的陳益加和他的父母。出乎意料的是，安南的媽媽阿弟也在裡面。

「看來今天的苦主是陳益加。」羽萱看到志達訝異的眼神，跟著解釋：「阿弟被找來訓導處是家常便飯了。」

「劉安南常常做這種事嗎？但是，他並沒有找我麻煩啊。」志達好奇的問。

「他是有名的惡霸，明明國小的時候還算聽話，一上了國中開始跟人打架，後來變本加厲，霸凌弱小或勒索錢財，還跟外校的人結仇。為了安南，阿弟很煩惱啊！」

「難怪蔣瀟華和洪采圖會稱呼他老大。」志達感嘆的說。

訓導處裡，遭受訓斥的三人站著三七步，把臉撇向一旁，一副吊兒郎當的樣子。

最後三人向陳益加鞠躬道歉，終於脫身。

等大家離開訓導處後，阿弟皺著眉頭，拉著安南的手，懇切的說：「拜託你不要再這樣了，為什麼要欺負同學呢？」

「真囉唆！你來學校幹什麼？你最好不要出門，我不希望別人知道你是我的媽媽。」安南大吼。

「你……」阿弟有點氣急了，伸手想打他。

沒想到安南卻挺出身子，毫無顧忌的說：「你打啊！這樣我們就可以一刀兩斷，就跟你和爸爸離婚一樣。」

阿弟一聽，無奈的把手放下。「那不一樣，大人的事你不會懂的。」

志達目睹這一切很不高興，想上前去制止安南，卻被羽萱擋下。「你最好不要插手，否則你和劉安南的梁子就結定了。」

「我不怕。」志達執意上前，「這傢伙太傷他媽媽的心了，一定要有人制止他。」

「只怕你會害阿弟更受傷罷了。」

志達一聽，這才打了退堂鼓。

原本以為這事就這麼過去了，沒想到放學時，眼尖的志達發現原本走在他前方的陳益加，被人搭了肩膀，一下子就消失了蹤影。

他直覺不對，看看四下沒人，便單腳一蹬，輕功一躍上了旁邊的四樓公寓樓頂，居高臨下尋找陳益加的下落。

他左右張望，最後在一個死巷子裡看見四個男生聚在一起。

「你很行嘛，把雙方家長都搬出來了，是不是長不大，還在包尿布啊？」安南拍拍陳益加的臉，刻意挑釁。

「你們到底還要怎麼樣？」陳益加又怕又氣，低著頭說。

「沒怎麼樣啊！你喜歡我們跟你道歉，我們就好好跟你道歉啊！」安南把手臂弓起來，壓上陳益加的脖子，酷鷹和暴龍一人一邊，熟練的將陳益加架起來。

「對不起，對不起！」安南假惺惺的說。

「對不起，對不起！」酷鷹和暴龍也在旁邊幫腔。

「救命……」陳益加原本想大聲求救，但被壓住喉嚨出不了聲，反而嗚咽的流出眼淚，臉頰漲紅。

「住手！」一句帶有威嚴的命令在巷子口響起，「你們在做什麼？」

三個惡霸轉頭過去，發現是林志達。

「你都看見了，我們是誠心的在向他道歉喔！」安南笑著說。

「你放手，他快要窒息了。」志達看陳益加痛苦的模樣心裡很著急。

安南把臉一沉，睥睨著志達。「看來，你也想叫我們向你道歉，是嗎？」

安南給暴龍使個眼色，暴龍立刻拎起拳頭，大喝衝向志達。

志達一閃，運功擺好架勢。

「哈哈哈！」酷鷹在一旁指著他嘲笑，「快看！乩童起乩了——」

志達一個跨步上前，貼身往對手胃經的天樞穴一點，暴龍隨即彎腰抱肚，五官扭曲。

「啊……我的肚子好痛……我不行了……」他急忙衝出巷子，像是急著找廁所的模樣。

酷鷹見狀正想衝上前加入戰局，志達卻不等他出手，瞬間來到他們面前，一手拉開陳益加，一手往酷鷹的脾經腹結穴點去。酷鷹吸倒一口氣，肚子鼓得像顆籃球，全身癱軟的倒在地上。「哎唷……我的肚子好脹……簡直要脹破了……」

「可惡啊！」安南大吼一聲，衝上前朝志達揮了右拳又揮了左拳，卻都被他一一閃過。反倒是志達彎身在他胃經的水道穴輕點，他立刻感到鼠蹊部一陣溼熱。

「哈哈！」重獲自由的陳益加指著他笑說：「你尿褲子了。」

安南低頭一看，臉頰漲紅，踉蹌的逃走。酷鷹也跟在後面跑掉了。

「謝謝你救了我。你剛才比劃的是什麼防身術，可以教我嗎？」陳益加對志達敬佩的說。

「你學不來的。沒事了，你走吧！他們如果再找你麻煩就來告訴我。」志達說完拍拍他的肩膀。

「唉！」陳益加似乎有口難言，整理一下衣服離開了。

志達回想剛才三個人中招之後的表情，不禁在心裡偷笑，想不到點穴的威力如此強大，他只不過花了彈指的力氣，就讓他們落花流水，四下潰逃。

那三人回家之後，症狀仍然沒有好轉。暴龍一吃東西就拉肚子；酷鷹消化不良，肚子鼓得很大，完全不敢進食；安南則是頻頻漏尿，只能躲在廁所裡。隔天三人請病假，中午的時候，他們約在平時聚會的便利商店，討論病情和心中疑惑。

「醫生說我的症狀很奇怪，有點像是腸阻塞，還說如果吃藥沒有效，就要進一步檢查，看有沒有需要開刀把阻塞的那一段切除。」酷鷹揉著肚子，難過的說。

「不會吧？」暴龍一臉驚訝，「林志達害你腸阻塞？但他似乎只是在你身上輕輕碰了一下呀！」

「說不定他在你嘴巴塞了什麼毒藥。」安南說。

「有嗎？」酷鷹疑惑的問著自己。

「難道林志達在我的嘴巴裡塞了瀉藥？」暴龍說。

「你有感覺吞下什麼東西嗎？」酷鷹問。

「沒有啊！」暴龍歪頭細想。

「那害人尿褲子的又是什麼藥？」酷鷹問安南。

「我沒事！」安南擠出一派輕鬆的表情，「那時剛好我在憋尿，誰知道被那小子打到我的膀胱，才會一時忍不住。」

「老大，我真羨慕你，我現在還不太能吃東西呢，一吃又想拉。」暴龍說。

「暴龍，你不能不吃東西，醫生說至少要喝蔬果汁或運動飲料，否則身體嚴重脫水，可是會有生命危險。」酷鷹說。

「好吧！我請客！」暴龍說完走到冰箱前拿了三罐運動飲料，結帳後分給另外兩人。

酷鷹和暴龍馬上旋開蓋子，喝了一小口，安南卻毫無動靜。

「老大，你不喝嗎？」暴龍問。

「我現在不渴，我帶回家再喝。」安南回答，接著又忿忿不平的說：「我一定要想個辦法好好教訓林志達。明天放學後……」

他招手示意兩人把耳朵湊過來，然後嘀嘀咕咕的說出心中的計畫。

那是他在來之前就已經想好的，他沒說出口的是，他昨晚回家後一直尿失禁，害他躲在廁所裡一個小時，半口水都不敢喝。

後來他看狀況沒有好轉，瞞著媽媽去看醫生。醫生檢查完困惑的說：「一般大人攝護腺腫大才會引起急性尿失禁，以你這年紀是不可能有這問題的。你說有人打了你一下，最有可能的情況是神經受損。」

「那該怎麼辦？」安南無助的問。

「我給你開安定神經的藥，你再觀察看看。」

醫生不確定的口氣，讓他更焦慮了。

當然，這種丟臉的事情他是不會說的，尤其在兄弟面前，更不能提起。

當天放學，三人埋伏在志達必經的巷口，一見他出現，便一擁而上，不分青紅皂白的朝他打去。

志達昨天和他們發生衝突後，就料想到對方會有動作，心中早有防備。他看到三人從巷子裡衝出來，屈膝飛過三人頭頂，落在他們背後。三人停下來面面相覷，急忙轉身又要攻擊。

安南一馬當先，揮舞拳頭過去。志達故意用手去接，施展出內力，那內力透進安南的手掌，穿過肘部直達全身，只見他往後退了好幾步，跌坐在地上。同時間，他的頭頂傳來一陣劇痛，忍不住抱頭喊疼。

「奇怪？我只是用內力震麻他的手臂，為什麼他會頭痛呢？我是不是出手太重了？」志達忍不住心想。

「可惡，看我們的。」酷鷹和暴龍異口同聲的揮拳過來，志達擔心自己像剛才那樣傷到他們，因此收斂起內力，往後退了幾步，一一閃過對手的攻擊。

這時安南勉強站起來，又朝志達打去。「可惡——」

志達一個箭步，抓住安南的手臂，將他拖往巷子裡轉進一條岔路，然後彈腿一躍，帶著他一同翻過高牆，進到一棟建築物的院子裡。

安南只感到暈頭轉向，落地時四腳朝天，背脊疼痛，分不清發生什麼事。

「老大——老大——」

等他聽見酷鷹和暴龍的呼叫聲從高牆外傳來，這才發現自己置身何地。

剛才志達施展輕功時，安南的上衣略微掀開，露出在褲頭處的皺褶。志達看見後往上輕拉，用嚴肅又帶威脅的口吻說：「要不要我跟大家說，你穿成人紙尿褲呢？」

安南臉色一紅，惱羞成怒，又朝志達揮拳。

志達輕易閃過拳頭，真誠的說：「我不想為難你。你的病我可以治，要我幫你嗎？」

那一瞬間，安南整個人像是洩了氣的皮球，他眨眨眼睛，把臉甩過一旁，囁嚅的說：「拜託你……」

「但你要答應我，不能告訴別人，不論是你們生病的原因，或是我們翻過這道高牆的事。」

「嗯。」安南點點頭。

志達運氣，朝安南的水道穴輕點急收，安南感到胯下收緊，精神一振。

「暴龍和酷鷹，可不可以也請你……」安南表現得低聲下氣。

「沒問題。算你還有義氣。」志達爽快答應。

這時三個小孩跑過來，其中一個說：「你們是誰？為什麼在這裡打架？」

屋裡的人似乎也發現他們，一個老太太打開窗戶大喊：「誰在那裡？是誰爬牆進來？」

安南一聽立刻跑到大門邊，打開門栓跑出去。志達一邊追上安南，一邊鞠躬道歉說：「對不起，我們是不小心闖進來的，馬上就走……」

他踏出門外，看見建築外有個招牌寫著「陽光育幼院」幾個字。

這時，酷鷹和暴龍趕過來，安南對他們說：「別打了，林志達已經是自己人了。」

兩人雖然錯愕，卻還是服從自己老大的命令。

之後志達運功，先後在兩人身上的穴道輕點一下。

酷鷹放了一個響亮的屁，開心的說：「耶，我的肚子不脹了。」

暴龍也挺起身子說：「我的腸胃也不痛了。」

「難道你會武俠小說中的點穴？」安南揉著頭頂，似乎仍然疼痛難忍，疑惑的問志達。

志達微笑沒有回答。

「還是巫術？」酷鷹驚異的說。

「是什麼不重要，重要的是你們以後不要再霸凌別人，否則別怪我不客氣。」志達說完便打算離開。

「等一下，我的頭痛還沒復原。」安南急切的說。

「那個我不會解。」志達無奈的說。

＊＊＊

那天深夜，黑暗的屋子裡，一個虎背熊腰的大漢下跪，鬆開舉起的拳頭，一隻大蜘蛛赫然出現掌上。

「啟稟主上，我把蜘蛛找回來了。」

「很好。」

下一秒，蜘蛛跳到主上的手心，然後順著手臂躍上肩膀、脖子、臉頰，直達他的眉間。主上閉上眼睛耐心等候。

蜘蛛往眉心咬下，主上皺了皺眉頭，隨即仰頭吸氣，恍如進入虛幻之境。

「嗯……知道了……林志達身上有股正氣，你無法咬他，因此咬了別人……你在他的口袋感受到一股強烈的能量……很好。」

主上把蜘蛛收進懷裡，然後睜開眼睛說：「軒轅石在林志達的身上，你去把他綁來。但一定要祕密行動，不能讓人看見。」

「遵命！」

第六章
深夜裡的可怕遭遇

隔天早上安南的頭痛好些了，到學校之後，他和酷鷹、暴龍看志達的眼神完全不一樣了，又敬又疑，態度恭謹，有時還會畏畏縮縮，故意躲著他的樣子。

志達看到三人，沒有找他們麻煩，也沒有取笑他們，只是像平常一樣安靜的做自己的事。

安南觀察了一整天，覺得這人沒什麼威脅性，心裡便有了計畫。隔天下課時，他領著酷鷹和暴龍去找志達，對他說：「你很厲害，我們想拜你為師。」

「我不懂你在說什麼。」志達故意裝傻。

「教我們武功。用輕功飛躍圍牆，還有點穴。」安南期盼的說。

「就算是巫術也行。」酷鷹在旁邊附和。

「不可能，那不是你們學得來的。」志達態度堅決。

「不然，至少當我們的老大，從現在開始，我和酷鷹、暴龍都聽你的。」安南鄭重的說。

志達不想理他們，起身往操場走去。

不料三人像蒼蠅一般縈繞不去。志達跑到司令臺，他們也跟去司令臺，志達跑上樓，他們也跟上樓，志達去廁所，他們也上廁所。志達感到無奈，索性又回到教室，坐下來看書。

「老大，你倒是說話啊！」安南懇求說。

「你為什麼想學武功，難道是因為害怕我讓你尿褲子嗎？」志達挺起背脊，故意激他。

原以為愛面子的安南會因此惱羞成怒，沒想到他不但不生氣，反而有些不好意思。「哎呀！老大，別說了，真難為情。」

對比先前暴戾乖張的態度，真是一百八十度大轉變，不僅不再出言不遜，還帶點撒嬌的味道，彷彿整個人縮小了一大截。

「我不是老大，我也不想當老大。」志達覺得彆扭，放下手邊的書。「我們就是同班同學。你放心，我不會跟任何人說你們昨天發生的事，包括方羽萱。」

一聽到「方羽萱」，安南忽然正色說：「嗯，謝謝。」

「你為什麼要當惡霸去霸凌別人？」志達認真的問安南。

「這沒什麼好說的。」安南把眼神飄開。

「如果你希望我當你的老大，怎麼能不回答老大的話呢？」

安南先是一愣，隨後轉身把酷鷹和暴龍帶走，仍然沒有回答。

志達心想這下清靜了，沒想到下一節的下課鐘一響，安南獨自來到他面前，悶悶的說：「跟我來，我有事要告訴你。」

志達雖然有幾分警戒，但見安南態度誠懇，便跟著他走。

兩人來到活動中心外側，鮮少人經過的圍牆邊。

「唉！」安南低頭抿脣，情緒低迴，兩眼望著地上說起自己的故事。「你也知道我媽是越南人，我從小因為新移民之子的身分飽受同學嘲笑、霸凌。尤其上了國中之後，有個叫呂興榮的特別愛欺負我。」

「哦？你也會被人霸凌？你為什麼不跟老師說呢？」志達好驚訝。

「沒有用，只會被當成愛告狀的『爪耙子』，或是被人視為魯蛇，更容易受人唾棄罷了。」

「那你爸媽也不管嗎？」

「我爸跟我媽在我小一的時候就離婚了。我把自己被欺負的事告訴我媽，我媽卻只叫我不要理會那些人。」安南一股腦把心事說出來，彷彿積壓在心裡很久了。「本來我都逆來順受，也不還手，後來有人跟我說：『你不還手也挨打，你還手也挨打，可是還手之後，或許人家還會怕你，從此就不敢打你了。』我聽了認為值得一試，後來我發現真的有用，因此就變得愛打架，但從此沒人敢欺負我。」

「呂興榮也不敢欺負你了嗎？」志達問。

「呂興榮後來轉移目標，像蔣瀟華和洪采圖都吃過他的苦頭，呂興榮還給他們取綽號，蔣瀟華是講笑話，洪采圖是紅菜頭。後來他被記了幾個過，轉學到隔壁學校，而原本被呂興榮欺負的那群人變得很尊敬我，就稱我為老大。」

原來背後有這層轉折，志達不免同情起安南的遭遇。

「那你為什麼對你媽那麼凶？」

「我會被人嘲笑看不起都是因為她！從小就有人說我媽是外勞、是菲傭，說她是被賣來臺灣的，我聽了是既生氣又難過。」安南心情沉重的說，「因為她，我被人欺負、被人打，所以我也要去欺負別人，讓他們怕我。」

「那麼為什麼從我轉學進來後，你卻沒有主動找我麻煩？」

安南躊躇了一會兒後說：「因為你跟方羽萱走得很近，我媽又在她家幫傭，我不想讓她去向我媽告狀。」

「你喜歡方羽萱，對不對？」志達試探性的問。

「你別亂猜！」安南丟下這句話便頭也不回的走了。

志達從安南倉促的回答中，感受到一點心虛，彷彿是刻意在逃避這個問題。

這一天就這麼過去了。

夜裡，安南在洗頭時摸到頭頂右側有個小凸起，照鏡子後發現是個微腫的紅點，似乎正是那天午休感到疼痛的地方。這天晚上頭不那麼疼了，但仍隱隱作痛，到了十點多，安南有些頭暈目眩，因此他沒有像平日熬夜打電動，而是早早上床休息。

「這邊……往這邊……」半夢半醒之間，有個聲音在指引他。

他經過許多馬路，穿過幾條小巷，來到一棟金壁輝煌的大樓，大樓底下有獵犬在看守。

「吼——吼——」

不！那不是獵犬，而是野獸的咆哮，那聲音中帶著溫柔的催促，並非警告他不要靠近，反而像是在召喚他。

他嚇得趕緊逃跑，遁入一片黑暗中，然而在那之後的記憶，卻只剩下一片空白……

早上起床後，他到浴室刷牙時，發現嘴角有暗紅色的汙漬，他忽然覺得一陣噁心，在馬桶內嘔出一堆黏稠物。他看著那些發出酸臭味的東西，心中驚恐萬分又困惑不已。

他還感到腰痠背痛，尤其手腳特別疲累，宛如在健身房重量訓練了兩個小時。他低頭一看，發現自己的手掌很髒，還起了水泡，連忙去清洗乾淨；穿襪子時，又發現腳底有汙垢，黏了細碎垃圾和草屑，嚇得跑去洗腳。

上學時，他把手上的水泡給志達看，一邊說起那個詭異的夢境，之後問說：「老大，你是不是用了什麼功夫，害我腦神經衰弱，之前尿褲子，現在是做惡夢。你覺得那棟大樓是在做什麼的？為什麼會有野獸在看守呢？還有我醒來的時候，手腳又怎麼會髒兮兮的呢？」

「我不知道你的夢境是哪裡，」志達認真的想了一會兒，「不過我覺得你可能會夢遊。」

「夢遊？」安南心裡詫異，「不可能，老大，我從來沒有夢遊過。」

「跟你說了好幾次，不要叫我老大，叫我志達就好。」志達無奈的說。

後來下課時間，為了躲避安南的糾纏，志達跑到操場，卻發現羽萱坐在司令臺邊，皺著眉發呆。

他跑過去關心問：「羽萱，你怎麼一臉有心事的樣子？」

「唉！我爸昨晚出車禍了，現在在醫院裡。」羽萱難過的說著。

「啊，怎麼會這樣？傷勢嚴重嗎？」志達好驚訝。

「醫生說有輕微的腦震盪，右手扭傷，小腿骨折，脖子還戴了固定器。」

「聽起來很嚴重，等放學我陪你一起去醫院探望他。」

「謝謝你。」

放學後，兩人來到醫院，羽萱的媽媽剛好去買晚餐了。

「方叔叔，你還好嗎？」志達問候。

「別擔心，小意外，小腿打了石膏，醫生說明天就能坐輪椅了。」方子龍雖然出了意外，仍不改原本爽朗的性格。

「爸，你就是愛替別人著想。你的腳斷了，車子也壞了，那個害你出車禍的人跑掉了，卻從沒聽你指責他半句。」羽萱埋怨的說。

「怎麼回事？」志達不懂羽萱的意思。

「昨晚我開車回家的時候，突然看到一團黑影從巷子衝出來，急忙把方向盤往左打，所以才會撞上安全島。」方子龍臉色一皺，困惑的說：「說來真奇怪，我明明看到一隻黑狗，但定睛一看，怎麼卻是一個人呢？」

「你看錯了吧？」羽萱狐疑的說。

「你是說那個人趴在地上用手腳走路？」志達也充滿疑惑。

「對，但是不是走，而是用跑的。明明是人，卻跟野獸一樣用四肢奔跑。」

聽完方子龍說完車禍的經過，志達和羽萱不禁張大嘴，不敢相信會發生這樣的事。

「是遊民嗎？還是怪物？」羽萱像是在自言自語的問道。

「唉！或許真是我眼花了。」方子龍嘆口氣，「其實也不能怪他，都是我一邊開車，一邊想著決賽要做什麼料理，看到黑影出現的時候，才會嚇那麼一大跳。」

「什麼決賽？」志達問。

「『企業盃廚藝大賽』的決賽要在後天進行。」方子龍說明，「我在幫主的武藝選拔過程中失利後，報名了同樣是灶幫舉辦的『企業盃廚藝大賽』，目前已經通過初賽和複賽，就要進行決賽。這下沒辦法參加了。」

志達一聽更好奇了。「那是什麼樣的比賽？」

「參賽者以餐飲公司的名義進行廚藝競賽，五年才舉辦一次，目的是幫餐廳和公司免費宣傳！」方子龍說。

「爸，你為什麼那麼愛比賽，又是武藝，又是廚藝，怎麼那麼愛跟人家鬥來鬥去？」羽萱覺得爸爸招惹是非，口氣不太好。

「哎呀，我不是愛跟人鬥，我是為了公司，你看我都原諒肇事者了，又怎麼會是好鬥的人呢？」方子龍把焦點轉回主題上，「這項比賽中獲得冠軍的企業可以奪得三十萬獎金，還能在下個月舉辦的『中華美食展』中，免費獲贈最大的攤位，並且在入口最醒目的位置，露出企業的名稱。唉！眼看後天就要比賽了，恐怕得棄權了……」

「既然是這樣，我幫你去比賽。」志達自告奮勇。

「哦？」方子龍頗為意外。

「方叔叔你之前聽到我需要野生鱉，義不容辭的幫忙我，這次你有難，我也應該挺身而出。」志達豪氣的說。

「但是，比賽的對手都是頂尖的廚藝高手，像是李繼程他們家的副主廚也是其中之一，你有信心嗎？」

「你是說『瀟湘煙雨湘菜館』的副主廚？」志達問。

「沒錯。」方子龍回答，「他們主廚是魏興，參加之前的武藝大會，結果被你媽打傷落敗，因此讓副主廚負責這次的廚藝比賽，他的廚藝放眼整個灶幫也稱得上是頂尖的。」

「只要方叔叔想好了菜色，再告訴我作法，我就有信心可以做出來。」

「這個……昨天中午我收到主辦單位通知，說這次的比賽主題是『魚虎湯』，我一邊開車一邊想怎麼料理，都還沒想到就……」

這時方媽媽買了晚餐回來，滿臉驚訝的對大家說：「我剛才在市場聽到許多人說，附近有人半夜虐待流浪貓狗，許多貓狗身上都有明顯外傷，而且傷口怪異，像是遭到野獸攻擊。」

「或許只是那些貓狗在爭地盤打架吧！」方子龍說。

志達想起安南告訴他的夢境中，也出現野獸咆哮，但眼前廚藝比賽更加要緊，便將那這件事拋在腦後。他問方子龍說：「山東菜裡面有什麼料理魚湯的方式嗎？」

「噢，說到湯，那可是我們魯菜的精華，尤其是『哨紅湯』的絕技。只不過精純的湯得要文火加武火煉上幾個小時，並且撈除不斷浮出的泡沫雜質，可是這場比賽時間很短，只有半個小時。」方子龍煩惱的說，「而且其中一位選手也是魯菜大廚，不知他會怎麼做，我也擔心跟他做出相似的菜色。」

志達思考了一會兒，又問：「有沒有在短時間內增添湯頭風味的方法？」

「有啊！日式的味噌湯就是。」方子龍說。

「味噌的豆麥香確實很濃郁，不過卻容易掩蓋了魚的鮮味。」志達認真思考，「最好能增添風味，又能襯托魚鮮，讓人一想到就流口水……」

「你在說望梅止渴的故事啊？」羽萱開玩笑說。

「唉，想得我頭好痛啊。」方子龍顯得困惑又疲累。

「別想了，先吃晚餐吧！」方媽媽打開買來的食物。

「啊，」方子龍忽然叫道，「我想到了，有一個『祕密武器』！」

「那是什麼？」羽萱興奮又好奇的發問。

「而且我還想到一個殺魚的妙招。」方子龍得意的說，「志達，你過來。」

「爸，你幹麼不直接講出來？」羽萱臉色一變。

「哎呀，你不愛我跟別人鬥，我幹麼講給你聽？」方子龍故意逗弄女兒。

「哼！你……」羽萱豎起眉毛，雙手插腰。「討厭！」

志達笑著把耳朵湊近方子龍，愈聽愈興奮，整顆心也沸騰起來。

＊＊＊

離開醫院後，他轉往安養院探望媽媽，走進了一條長巷子裡。

昏暗的街燈今天不知怎的閃爍不定，志達感受到不安的氣氛，回頭張望，卻沒發現什麼異樣。

一陣陰風呼呼吹來，志達打了個哆嗦，加快前進的腳步。

這時，他身後的屋頂上出現了一道黑色的影子，隱身在黝黑的天空中。

突然間，巷子裡的路燈全部熄滅，他嚇了一跳，停下腳步。

那道黑影在夜色的掩護下迅速落地，邁開四足加快前進，厚實的肉墊踏在柏油路上悄然無聲。

志達直覺背後有股肅殺的氣息逼近，沒有多想便往巷子口狂奔。

那黑影見獵物發現了自己的行蹤，也快步向前奔馳，並且張開血盆大口，露出兩排尖牙。眼看志達就要跑出巷口，黑影拔地而起撲向他——

剎那間，一道強光照進巷子裡，扎得人睜不開眼睛。志達頓時聽見身旁有個重物掉在地上發出悶響，瞬間又彈起逃離。

「那是什麼東西？」強光後的人影發問，口氣很吃驚。

志達的視力適應光線後，看清原來是警車的警示燈，也確認了說話者是車上的一位警察，現正站在他面前。

「我不知道，我沒看到。」志達搖頭。

「雖然一閃而過，可是看起來像是一隻野獸。」警察疑惑的說。

「野獸？」志達想起方媽媽說的怪事，不禁一愣。

警察急忙走到駕駛座旁，向另一位警察說：「通報動物園，看看有沒有動物逃脫。」

「什麼動物？」他的搭檔問。

「不知道。通報就對了。」警察說。

志達急忙走出巷子，渾然不知自己幸運躲過一場攻擊。

第七章 魚虎湯的祕密武器

很快就到了星期六的廚藝比賽決賽，決賽地點在臺北市有名的六星級「日月並明大飯店」。

方子龍堅持要來觀賽，因此向醫院請假，坐著輪椅，由羽萱陪同前來。安南得知消息，也叫酷鷹和暴龍陪他一起到現場幫志達加油。

這場比賽的主辦單位是灶幫，原本該由幫主上臺致詞，志達的外公身為代理幫主，為了避嫌沒有到場，而是央請評審之一的前幫主范衛襄代表。

「各位灶幫的先進們，雖然我們灶人崇尚武藝，但千萬別忘記，廚藝才是灶人的基本，也是所有武藝的根源，這場比賽的舉辦目的就是希望大家別忘了時時精進自己的廚藝。」范衛襄朗聲說。

觀眾報以熱烈掌聲。

范衛襄點頭示意，主持人便說：「好的，企業盃廚藝大賽的決賽即刻登場。這次比賽共有三位選手，將淘汰一名，晉級兩名進入總決賽。另外，這回第一名的作品，將出現在賽後的茶會上，請大家品嚐——」

舞臺上已事前搭好三個特製的流理臺，上面各自擺了爐子、鍋子、刀鏟、配料、保鮮桶，就像三座具體而微的廚房。

咚、咚、咚！現場響起雄壯的戰鼓聲。

主持人右手一比，三位參賽者一一現身。

「歡迎三位決賽參賽者，首先是來自臺北，名流仕紳最愛光顧的『瀟湘煙雨湘菜館』副主廚，洪規果先生。第二位是來自板橋，事業版圖跨足國際的『魯山東麵食坊公司』，林志達同學。第三位是來自臺中市，享譽中部的『孔府風雲魯菜館』負責人廖理王先生。請掌聲鼓勵……」

「加油！」

「一定贏！」

在場觀賽的人群熱烈鼓掌，並伴隨此起彼落的加油聲。

「接下來請大家欣賞三位名廚大師的精采比賽，比賽項目是魚虎湯——」

這時，後方的工作人員推出一個大型推車，上頭有三個透明玻璃魚缸。魚缸裡沒有水，卻各有一條長約一公尺的魚虎，每一條都吐露尖牙，凶猛的扭動著。

「這都是幾天前在日月潭釣起的魚虎，肉質緊實彈牙，鮮甜無腥，魚皮的膠質綿密，是上等的淡水魚。牠們的攻擊性極強，號稱水中霸王，大小魚通吃。魚虎的生命力驚人，不但可以在空氣中呼吸，利用胸鰭在陸地上行動，即使離水兩個小時仍然可以存活。面對如此頑強的勁敵，就看我們的選手如何對付牠了，比賽限時三十分鐘，計時開始……」主持人在一旁解說。

三位參賽者中洪規果率先動手，他雙手抓緊魚頭將魚虎拿出魚缸，隨即壓在砧板上，給予致命一拳。清亮的喀擦一聲，魚頭碎裂，通身癱軟，他隨即菜刀一舞，清理掉腥紅的內臟，又將魚肉對切成兩半。

接著另一位廖理王抓出魚虎後，在魚頭上推了一掌，手中的魚虎便不再掙扎，他熟練的將魚肉一一片下來，卻把魚頭、魚骨丟棄。

志達沒有費勁抓魚，而是挺出小指用點穴的手法在魚頭上點了兩下，只見那肥壯的魚兒蜷縮成一團，三秒之後胸鰭和尾鰭同時往下一拍，整個魚身飛躍三尺高，在空中翻轉幾圈後，白肚朝上的落回缸內，便失去動靜。

他不急著殺魚，而是拿出祕密武器，用菜刀將它切段。

另一邊，他的對手洪規果起油鍋煎魚，鍋中滋滋作響，漸漸冒出專屬於魚肉的焦甜香氣。廖理王片好淨白的魚肉之後，竟從保鮮桶裡拿出豬肘子、豬大骨、老雞腿、老鴨腿，還有三塊清雞胸，把前面幾樣都切塊丟入湯鍋熬煮，然後舞動雙刀，咄咄咄的在砧板上剁起雞肉泥。

「啊？」臺下觀眾紛紛發出驚訝的叫聲。

「不是魚虎湯嗎？怎麼還拿出了雞鴨豬……」

「你不懂，那是魯菜的精華，他在『吊清湯』。」有位老太太得意的說，「再加進雞肉泥，一邊增鮮，一邊吸附雜質泡沫，叫做『哨紅湯』。」

「可是比賽時間只有半個小時，」有個老紳士困惑的說，「熬湯得要四個小時，哨紅湯又要一個小時。他現在才開始吊清湯，怎麼來得及？」

「怪了，魚呢？怎麼不是吊魚湯呢？」羽萱也納悶。

方子龍心領神會的點點頭，卻又皺起眉頭。「看來這廖理王是有謀略的，只是……這樣好嗎？」

方子龍忽然拍拍羽萱，然後指向廖理王說：「你看。」

「怎麼了嗎？」羽萱看不出個所以然。

「他的手按在鍋蓋上。」

「那有什麼不對嗎？」

「他正在用內力來加強火候。」

「這樣有犯規嗎？」羽萱好奇的問。

「沒有犯規。」方子龍沉下臉說：「確實能增強三成火候，讓湯汁濃稠些，但是……」

「但是什麼？」

「你看著吧！」方子龍不直接明說，反倒讓羽萱焦躁了起來。

「另外一個參賽者厲害嗎？」安南忍不住問。

「他叫洪規果，他的作法是有名的『湘潭活魚湯』。」方子龍解說。

「這道菜會比志達做的好吃嗎？」羽萱問。

方子龍看了她一眼，然後專注的看回臺上，不再說話，但食指和大拇指卻不停的摸下巴——那是方子龍焦慮的表現，平日並不常見。羽萱記得上回看到爸爸這副模樣，是在千年老麵被志達吃光，煩惱蔥肉大包無法如常生產的時候。

比賽持續進行，志達熬湯耽擱了好久，這時才準備殺魚，他的對手廖理王開始在撈除浮沫，而洪規果動作最快，加入切好的豆腐之後，已經在切增香提味的蒜苗。

比賽時間剩下最後十分鐘，觀眾裡不少親友團也激動起來，紛紛吶喊助威。

「廖理王加油！孔府風雲加油——」

「瀟湘煙雨得第一——」

「志達怎麼動作這麼慢呢？」羽萱急躁的看爸爸，然後也忍不住握起拳頭，站起來大喊：「志達加油！志達加油——」

「志達老大加油，志達老大加油——」安南、酷鷹和暴龍也跟著對臺上吶喊。

接著，洪規果率先完成作品，正好整以暇的收拾桌面；廖理王的步驟看似最繁複，但這時也已經離火，把魚湯舀進三個湯碗裡；相較之下，志達這時才把魚肉下鍋，開始切蔥花。

五分鐘之後，司儀大聲宣布：「時間到，請停止動作。」

志達總算趕在最後十秒把湯盛好，羽萱不免為他捏了一把冷汗。

「現在有請評審上臺。讓我們歡迎范衛襄前幫主、嚴書基長老，以及高莉采長老。」主持人說。

范衛襄和一男一女兩位長老，各自拿著一瓶白開水上臺。

「請參賽者說出面前的湯品名稱。」主持人說。

「我的作品叫做『酸白菜魚虎湯』。」志達先說。

他們來到志達前面，先喝下一口湯，再嚐魚肉和配料，然後用白開水漱口。

「你這是選用山東大白菜醃漬成的酸白菜，一般只要半個月就能醃漬好，你卻費心的花了三個星期，趁酸味過強、搶走甘味之前才停止，是吧？」高莉采長老點頭說。

「沒錯。」志達開心點頭。

「這酸味融進湯裡，發揮了鹹為君，酸甘為臣，左輔右弼，相輔相成的效果。你特別選了魚肚的位置，吃起來軟嫩又有油脂的香氣，在蔥花的提味下顯得鮮美無比。」嚴書基長老佩服的說。

「這湯這麼有滋味，酸白菜還能保有脆度，難得。」高莉采長老微笑補充。

志達彷彿遇到知音，開心的向評審介紹這道菜的作法：「我把酸白菜煮了十分鐘，這樣煮出味道後，還能保有滋味和脆度。另外我先讓魚躺平，讓血液都集中到頭部，下鍋前十分鐘殺魚時，腥血便流得乾乾淨淨。魚肚也是在離火前五分鐘才下鍋，為的就是保有最新鮮的滋味。」

「果然毫無血味土味，極鮮極甜。」高莉采長老連聲讚道。

「爸，原來這就是你的祕密武器。」羽萱在臺下嘟著嘴巴，怪罪說：「有什麼好賣關子的啊？」

「我們過年都會吃酸菜白肉鍋，我原本就想開發酸白菜肉包，因此叫研發部每隔幾日就醃漬一桶酸白菜，想不到能在這時派上用場。」方子龍笑著說。

評審接著品嚐洪規果的作品。

洪規果介紹自己的料理：「我做的是『湘潭活魚湯』。」

「嗯，魚肉經過油煎，使湯品呈現濃郁的黃褐色，漂浮的綠蔥段和紅油泛著美麗的光澤，加上雪白的豆腐，好一幅繽紛誘人的畫面。」嚴書基長老還沒入口，就對作品的「色」讚不絕口。

「香啊！聞著是一種蒜苗、辣椒和魚肉微微的焦香，一入口辣中帶甜，甜中帶鮮，將豆腐的甜、魚肉的鮮和辣油的刺激，都融合進湯裡，喝到了舌頭、喉嚨、鼻腔中，又是另三層的複合之香。」高莉采長老說。

嚴書基長老連吃兩塊豆腐，頻頻讚道：「你扎扎實實的把魚肉的鮮甜燒進去了，豆腐裡都是魚肉的香氣。」

「魚肉又厚實緊脆，彈牙無比，著實保留了魚虎的尊嚴。」高莉采長老雙眼炯炯有神的說。

「魚虎還有尊嚴？」羽萱不解的看著爸爸。

「人有人的尊嚴，魚當然也有魚的尊嚴。」方子龍笑說。

這話一說，羽萱更困惑了。

范衛襄前幫主還是沒有說話，引領兩位評審走向廖理王。

最後換廖理王介紹自己的料理：「這是『一品鮮魚湯』，請評審品評。」

高莉采長老看一眼，然後說：「三位參賽者中，你的湯是最清澈的。」

「你的魚肉切割得最整齊，最漂亮。」嚴書基長老也說。

廖理王得意的抬起下巴，驕傲的咧嘴微笑。

三位評審清口之後先聞香氣，紛紛皺起眉頭，直待喝下一口湯，不禁面面相覷。

第八章 宣布廚藝決賽結果

「你這招是險棋。」嚴書基長老嚴肅的說。

「那是因為我認為魯菜的製湯法最為講究，湯品清而鮮，是湯中最高等級，因此……」廖理王急忙解釋。

「這未免太豐富了吧！」高莉采長老搖頭嘆氣，「唉，君臣不義。」

「不，是小人當道。」嚴書基長老也豎起眉毛說。

「你自己說，」一直沒說話的范衛襄前幫主終於開口，卻是面露不悅的質問廖理王：「這道菜有何新奇的創作理念？」

廖理王感到大事不妙，趕緊詳加說明：「我想利用魯菜的精華『吊清湯』

來搭配鮮魚。我也知道這在半個小時是做不來的，因此用了十足的內力來加持，煮出來的清湯提供了鮮味的底襯，為鮮魚錦上添花。我用心這樣設計，是想出奇制……」

「雜！」高莉采長老沒有讓他說完。

「亂！」嚴書基長老也不假詞色。

「是啊，湯色雖清，味卻雜亂。」范衛襄前幫主搖搖頭失望的說，「你用內力來強化火候，揠苗助長的結果是逼出了豬雞鴨的雜質。沒錯，你用雞肉泥來吸附雜質，可區區十幾分鐘，只撈除了有形的雜質，除不掉湯中的雜味，而魚呢？」

范衛襄講到「魚」字時，睜圓了雙眼，廖理王啞口無言，慚愧低頭。

「我懂了，他的魚沒有尊嚴。」羽萱忽然頓悟了。

方子龍在一旁微笑揚起眉毛。

三位評審聚到臺中央，低頭慎重討論。

最後，由范衛襄前幫主代表其他兩位做出總評：「『酸白菜魚虎湯』在三道料理中最鮮，酸甘有餘，但香氣不足。『湘潭活魚湯』品相繽紛華美，既鮮又甜又香，是今天的第一名。至於『一品鮮魚湯』，只有一句：天下大亂。在這一場比賽中，遭到淘汰的是『孔府風雲魯菜館』的廖理王。」

「耶——」觀眾喝采鼓掌，洪規果和志達上前向大家鞠躬。

主持人緊接著說：「現在『瀟湘煙雨湘菜館』的洪規果副主廚，即將前往本飯店的廚房，指揮廚師們為大家料理這一道『湘潭活魚湯』，在待會兒的茶會上立即就能品嚐到。」

羽萱看到志達走下舞臺，開心的跑過去，高聲歡呼，雀躍不已。

「老大真是了不起！」安南也跑到志達面前大叫。

「老大太厲害了。」酷鷹和暴龍在一旁很有默契的說。

「拜託，不要再叫我老大了。」志達只能無奈的苦笑。

半小時後茶會舉行，除了各色精緻的中式小點心之外，大家都喝到了「湘潭活魚湯」，果然滋味豐富，叫人回味無窮。

這時，魏鼎辛忽然出現在舞臺上，拿起麥克風說：「這道『湘潭活魚湯』是我們『瀟湘煙雨湘菜館』的招牌湯品，請大家盡情享用。」

「魏長老怎麼來了？剛才比賽時沒看見他啊。」羽萱驚喜的說。

「厲害的人總是在該出現的時候出現。」方子龍笑著說。

羽萱不明白方子龍話中的玄機，問說：「什麼意思？」

「不需要出現的時候，自然就不會出現。」方子龍莫測高深的說著。

「哼！」羽萱覺得爸爸故意打啞謎，決定不理他了。

魏鼎辛走下臺，眾人紛紛過去向他道賀，他謙虛的笑著說：「沒什麼，這道湯品是祖傳下來的，洪規果煮得還可以，但如果是派我們『瀟湘煙雨湘菜館』的魏興主廚來料理會更加美味。」

方子龍要羽萱把輪椅推過去，和眾人一起向魏鼎辛道賀。

「魏興主廚現在還好嗎？」方子龍恭賀完後又問。

「承蒙方董事長關心，他已經好多了。」魏鼎辛客氣的回答，「倒是你怎麼受傷了呢？看起來比我兒子還要嚴重。」

「不小心出了點意外。」方子龍坦然的說。

「大臺北每一家大醫院的院長，都是我們『瀟湘煙雨湘菜館』的老主顧，要不要我去打個招呼，拜託對方好好照顧你。」魏鼎辛好意關心。

「不勞魏長老費心，我的傷只要多休養一段時日便會痊癒的。」方子龍客氣的說。

志達覺得奇怪，怎麼魏長老開口閉口都是「瀟湘煙雨湘菜館」呢？他想起繼程，跑去問說：「魏長老，繼程有來觀賽嗎？」

「沒有，他忙著補習。」魏鼎辛回答。這時洪規果在他身邊耳語，魏鼎辛一聽燦爛的咧開嘴，張開雙臂說：「林志達小朋友，不愧是現任幫主陳淑美的兒子，廚藝真是不得了。你這麼厲害，跟我們洪規果副主廚一同晉級總決賽，果真英雄出少年啊！」

「沒有啦，我只是把方叔叔教我的，如實做出來而已。」志達抓著頭，不太好意思的說。

「哎呀，再這樣下去，我們『瀟湘煙雨湘菜館』還混得下去嗎？我一定要趁你自己開業之前，把你網羅進來，免得成為我們的對手。哈哈哈！」

志達尷尬的笑著，雖然這些話表面上是在誇獎他，但聽起來卻不是那麼讓人開心。

「老大，我想喝你做的湯。」安南這時跑過來，用崇拜的眼神懇求。

「對啊、對啊，我們都想品嚐多才多藝的老大做的湯。」酷鷹和暴龍也湊過來，巴結的說。

「嗯，還剩下一些。」志達回頭一看，他煮的「酸白菜魚虎湯」還在臺上。

志達走過去為他們各盛了半碗，也給教會他做這道菜的方子龍和羽萱品嚐。

「哇！這湯雖然沒有辣味，但滋味的豐富一點都不輸給『湘潭活魚湯』，而且跟我媽做的『越式魚酸湯』有異曲同工之妙。」安南喝了後不住稱讚。

方子龍在一旁聽見後解釋：「你媽煮的是越南口味，它的酸來自羅望子、番茄和白醋，三種不同的層次。阿弟夏日裡有時會煮這道湯給我們吃，確實很開胃，她的廚藝也是一等一的。」

「你媽煮的越南菜真的很好吃，臺灣家常菜也很道地。我真羨慕你每天都能吃到那麼好吃的菜。」志達真誠的說。

暴龍和酷鷹也對安南投以欣羨的眼光，安南卻表現出不以為然的模樣。

「那沒什麼啦！不像老大你能贏得比賽，你才是真正厲害的高手啊。」

「對、對，還是老大最厲害。」酷鷹說。

「我們今天真幸福，能喝到老大親手做的湯。」暴龍也附和。

「別再叫我老大了，真彆扭。」志達不自在的說。

「你們幾個男生講的話好噁心，讓我起了一萬個雞皮疙瘩。」羽萱聽見這些男生的對話，忍不住取笑。

「方叔叔，既然我們老大晉級了總決賽，下一場應該還是由他參賽吧！」安南不客氣的對方子龍說。

「這一場是我爸請志達幫忙，下一場，當然是由他自己上場。」羽萱說。

「我剛剛聽到評審的評論了，這一場我贏得僥倖，下一場要對戰那麼厲害的洪規果副主廚，我一點信心都沒有。」志達坦誠。

「總決賽在下個星期，我這石膏得要包個兩個月，你們說我能如期出賽嗎？」方子龍比著自己的「石膏腳」，無奈的搖頭。

志達和羽萱一聽都露出錯愕的神情，安南倒是很開心，因為他的老大又將出賽爭取榮耀了。

「唉，再說吧！或許我可以練出什麼接骨神功，兩天就拆石膏了！」

大家被方子龍的樂觀感染，跟著笑成一團，因此沒有發現茶會的一角有個白衣人，把這一切都看進眼裡。當茶會結束後，志達帶著勝利愉悅的心情，趕去安養院向媽媽報喜時，那個白色人影也輕盈的尾隨在後。

第九章 兩方少年的肢體衝突

匡鏘——

瓷杯被人狠狠砸碎，緊接著傳來威嚴的怒罵：「你是怎麼辦事的？為什麼沒有搶到軒轅石？」

「啟稟主上，我下手的時候，不巧有人路過，擔心會暴露了你的身分。」

「混帳東西！我要你何用？」

主上把手舉起，一道陰風吹向跪在面前的那人，那人立刻抱著胸口，痛得在地上打滾。

「主上饒命！志達身邊的那個叫安南的小子已經中了蜘蛛毒，只要過幾天養足了獸性，自然就會去吃人血，變成噬血魔。」

「等什麼等？你直接餵他吃人血不就得了。」主上不耐煩的說。

「主上說的是。安南跟志達很親近，我打算讓他暗中偷取軒轅石，他是最佳人選……」那人一邊痛苦的在地上打滾，一邊慌張的說。

主上收了手，陰風嘎然而止。

那人掙脫束縛後，急忙趴在地上說：「謝主上不殺之恩，謝主上不殺之恩……」

＊＊＊

週日中午，安南跑去網咖打電動。

「殺！殺！殺！」正當他如火如荼的打著妖怪，渾然忘我的時候，一隻手掌從背後搭上他的肩膀。

他一轉頭，發現一張熟悉的面孔挑起眉毛，露出似笑非笑的表情。「哇，劉安南，混血王子好久不見啊！」

竟然是呂興榮。一股恨意油然而生，安南眼睛噴火，面目猙獰的起身，瞬間抓住他的手臂就要咬下去。

呂興榮被劉安南突如其來的舉動嚇了一跳，急忙把手甩開。「開什麼玩笑？又不是三歲小孩，竟然咬人？」

安南像是沒聽見似的，繼續張牙舞爪朝他進攻，網咖裡的其他客人聽到聲響紛紛看過來。

呂興榮朝他揮拳，卻被安南抓住空檔，往他的肩膀狠狠咬下去。

「啊——」呂興榮大叫，用力掙脫。「你們兩個快來教訓他，在旁邊看什麼戲？」

兩個少年從椅子上跳起來，三人聯手把安南打了一頓。

呂興榮檢查痛處，還好隔著衣服，只在肩膀上留下了咬痕，沒有傷口。

安南挨打後蜷縮在地上，看著呂興榮和其他兩人，像是現在才恢復神智一樣，委屈的大叫：「你們幹麼打我？我又沒招惹你們，我們已經很久沒有瓜葛了……」

「你少裝蒜了！」呂興榮凶惡的說：「再來惹我，就是找死。」

接著三人便走出網咖，揚長離去。

安南認為自己平白挨揍，怨火中燒，便聯絡了酷鷹和暴龍。兩人來到網咖後，聽完老大的遭遇忿忿不平，想起之前呂興榮欺負他們的往事，新仇舊恨全都湊在一起。此時三人同仇敵慨，商討要如何討回公道。

最後他們決定找人去通知呂興榮，約好明天晚上十點半在河堤外的籃球場，一次把話講清楚。

隔天去到學校，安南直接去找志達，對他說：「老大，昨天呂興榮無緣無故打我，我吞不下這口氣，已經和酷鷹、暴龍約好，今天晚上十點半去找他們討公道，你一定要來幫我教訓他們。」然後把昨天在網咖發生的事一五一十的說給志達聽。

「他們說你咬人？」志達沉思了一會兒後說：「我覺得很可能是你又夢遊了。」

「怎麼可能？那是大白天耶！」安南無法接受。

「你沒聽過白日夢嗎？」

「這太扯了。」安南還是不信。

「你應該好好講清楚，告訴他們你不是故意的。」志達想了想又說。

「你不要那麼囉唆，重點是，你要不要幫我？」

「我不去，跟我無關。」

「你的功夫那麼好，對你來說一點都不難呀！」

「叫我去幫你打人，那是不可能的。」志達堅定的搖頭。

「你眼睜睜看著我被人打，竟然不幫我出頭，真沒義氣。」安南用埋怨的眼神看著志達。

「幫你去打架，又算得上什麼義氣？」

志達嘴裡雖然說著不去，但心裡十分擔心，於是決定按照安南說的時間地點赴約，但躲在暗處不要現身，看看情況再決定。

那天晚上十點二十分，志達趁著夜色掩護，躍上河堤旁的大樓樓頂，密切注意籃球場上的動靜。果然十點半一到，雙方人馬出現在場上，各有三個人。

只見安南指著對方咆哮便朝呂興榮衝過去，蔣瀟華和洪采圖也與另外兩個人打了起來。

安南朝呂興榮猛揮拳，還齜牙咧嘴的作勢要咬他。呂興榮肩上才被咬過，餘悸猶存，不免後退了幾步。安南見狀步步進逼，呂興榮一時沒注意腳下，不慎被石頭絆倒，跌在地上，安南竟拿起那顆石頭要砸人。

志達不忍安南犯下大錯，急忙跳下去阻止。

可惜他還是晚了一步，呂興榮出手阻擋，手臂應聲骨折，慘叫不停。

「有人受傷了，不要再打了！」志達大喝一聲，把雙方人馬都鎮住了。「他的手斷了，不趕快治療不行，你們快把他送去醫院。」

兩個陪呂興榮赴約的少年原本就只是年輕氣盛，沒有想到會鬧得那麼嚴重，聽了志達這麼一說，連忙帶著呂興榮離開。

「老大，你果然講義氣。」安南看見自己把對手打跑，開心的對志達說。

「什麼義氣不義氣的，你現在把人打傷了，麻煩大了！」志達不悅的說。

「管他的，是他們無緣無故先打我的。」安南辯解。

「是嗎？」志達質疑，「蔣瀟華、洪采圖，你們兩個先走，我有話要跟你們的老大說。」

在兩人各自離去後，安南嘆口氣說：「你就是故意表現得很見外，跟我們保持距離，其實是看不起我們，對吧？」

「我要勸你，冤冤相報沒完沒了，你應該和呂興榮坐下來好好的談一談。」

安南突然蹲下來悶不作聲。

「你怎麼了？」志達疑惑的說。

「嗚嗚……」安南閉著眼睛，口中發出聲響，然後不停的甩頭。

「難不成又夢遊？不會吧？」志達跑過去要叫醒他，但手還沒搭上去，卻見安南往前一撲，身子打橫，四腳一蹬，像野獸一般的跳開了。

「啊，害方叔叔出車禍的那個人會不會就是……」志達心中大驚。

安南原地跑了一圈，隨即朝志達撲過來。

志達側身閃過，並趁機點了安南的穴道，他隨即倒地哀號。

「現在該怎麼辦？」志達實在不知如何是好，忽然想起了羽萱，撥打她的手機。幸好羽萱還沒睡，她冷靜的建議志達先叫救護車把安南送去醫院，她同時也會聯絡阿弟趕去，兩人一起分頭行動。

第十章 吵鬧不休的調解宴

志達陪安南上了救護車，一同進到醫院的急診室，卻赫然發現呂興榮也在裡面，旁邊還有人陪著他。

呂興榮手上打了石膏，看到安南也在病床上，嘲諷的叫：「難不成有人害怕自己打人的事情敗露，故意也把自己打傷，想要殺人的喊救人？」

「你不需要這樣，沒有人說安南是被你打昏的。」志達不客氣的說。

「但我的手確確實實是被他打斷的。」呂興榮氣憤的控訴。

羽萱在跟志達通完電話之後，先通知阿弟，然後下樓告訴方子龍。方子龍雖然行動不方便，但聽了羽萱說完仍堅持到醫院來關心，便叫司機載他們過來。

很快的，雙方家長都到齊了。

呂興榮身旁站著他的媽媽和一個老先生，志達覺得老先生有點面熟，一會兒才想起是「企業盃廚藝大賽」決賽中的評審之一——嚴書基長老。

方子龍見了，禮貌的打招呼：「嚴長老，您怎麼在這兒？」

「呂興榮是我外甥女的兒子，他們家不是灶幫的人，照理說不會涉入江湖糾紛。林志達，難道新任幫主的兒子仗勢欺人？你把事情說清楚，不然我會告到學校和警察局去。」嚴書基說。

「事情一定不單純。一個巴掌拍不響，我的兒子我自己了解。」呂太太看起來頗為明理，又對著呂興榮說：「劉安南不會無緣無故打你，對吧？」

呂興榮一聽，心虛的低下頭。

「林同學，可以請你告訴大家，究竟是怎麼回事？」呂太太對志達說。

「好。」

接著志達把整起糾紛的來龍去脈說明給大家聽。阿弟翻找出安南頭上的小紅點，眾人愈聽愈驚訝。

方子龍這時拿出口袋裡的一張照片。「大家看，這是我發生車禍的時候，路口的監視錄影機拍到的。」

照片中有個用手腳行走的人，那個人的身形和打扮都酷似安南。

「警察今天調出紀錄，問我認不認識這個人，我當然說不認識。」方子龍一臉凝重的說：「各位，安南著魔了！」

嚴書基長老張大眼睛，恍然大悟的說：「傳說中有五毒魔物可練就五毒陰功，而被魔物咬傷的人會出現野獸的行為，如果讓他吃到人血的話，還會變成噬血魔。我以前都當作灶幫裡茶餘飯後的趣談，想不到都是真的。」

「我家安南怎麼會招惹到魔物呢？」阿弟既擔憂又難過。

「心思不正的人才會招惹魔物，讓邪毒之氣有機可趁。如果身上有正氣，魔物根本沒辦法靠近。」嚴書基長老說。

「如果體內同時有邪毒之氣跟正氣呢？那會怎麼樣？」志達突然想到。

「正邪不兩立，兩種力量會在那個人的體內爭鬥，而在這過程中，當事人會很痛苦。」嚴書基長老說。

「莫非這就是當時他輸入內力給安南時，安南會頭痛難耐的緣故？」志達默默心想。

「這裡是哪裡？我為什麼會在床上？」這時安南突然清醒過來，彷彿不記得剛才發生什麼事。

阿弟轉憂為喜，陪在兒子身邊安撫他。

「嚴長老，你們也都看見了，這孩子若不是生病了，就是遭到魔物控制，不是存心惡意動手。能不能看在我的份上不要把事情鬧大，雙方私下和解，好不好？」方子龍客客氣氣的說。

「魔物？」安南聽了豎起眉毛，生氣的辯解：「我沒生病，也沒有著魔，是他們無緣無故先動手揍我。」

「你說謊！是你先咬我。」呂興榮氣極敗壞的嚷嚷，「後來在籃球場上你又把我的手打斷，這才不公平，我要找機會討回來……」

呂太太怒目瞪著兒子制止他說下去，接著轉頭對著眾人說：「其實在呂興榮轉學之前，常常霸凌劉安南和其他同學，為了這些事，我常跑去學校處理善後。所以今天發生這種事，我明白一定有原因。我不會偏袒自己的孩子，和解對我們大人來說也不難，不過孩子們大了，已經有自己的想法，彼此結下仇恨，恐怕不是一句抱歉就可以化解。」

「呂太太講的真有道理。」方子龍佩服的說，「這樣吧！我來當孩子們的和事佬，找一家好吃的餐廳，大家一起坐下來吃頓飯，把彼此的心結講出來，化干戈為玉帛，你們看怎麼樣？」

「費用由我來出。」阿弟著急的附和。

「就這麼辦，但我堅持各付一半。」呂太太也微笑說。

雙方家長都平和的面對這件事，唯獨安南和呂興榮還在怒目相向，巴不得立刻打上一架。

＊＊＊

翌日放學後，一行人到臺北市知名的大飯店「翠堤春曉浙菜館」去吃飯。

羽萱本來要去補習的，但方子龍認為調解衝突的場面，對孩子來說是很好的機會教育，因此特地向補習班請了假，要她一起過來。

大家在餐廳的包廂坐定，阿弟客氣的禮讓呂太太先點菜，呂太太看著菜單猶豫起來。「該點什麼好……」

方子龍建議：「龍井蝦仁是浙菜的名菜，用清明前後的龍井茶泡開去炒蝦仁，蝦仁白嫩，茶葉翠綠吃起來清香甘美。這裡的東坡肉味道也好，那是蘇東坡在黃州時發明的一道菜，後來出任杭州時，把作法帶去杭州，而成為浙菜的名菜。還有松鼠鱖魚，把魚肉切成一片片卻不切斷，整條魚下鍋油炸之後，就會如同松鼠毛髮一樣膨鬆，再淋上香濃的醬汁，連乾隆皇帝吃了都讚不絕口，說它是『天下第一魚』呢！」

呂太太聽了行家介紹，笑得合不攏嘴，說：「好，我就點這三道。」

阿弟接回菜單，請方子龍看，方子龍又傳給嚴書基長老，雙方推辭幾下，之後又點了：桂花糯米藕、紹興醉雞、無錫排骨、響油鱔糊、油燜春筍、小籠湯包、元盅土雞湯。

點好菜後，方子龍清了清喉嚨說：「正所謂不打不相識，有很多人一開始看對方不順眼，後來雙方卻成了好朋友。」

安南和呂興榮知道這些話是特意講給他們聽的，但一個把臉甩往側邊，一個望著天花板發呆，表情卻是一樣的不屑。

「想當年我和前幫主范衛襄爭奪幫主之位而比武，雖然我輸了，還身受重傷，療養了一年才復原，可是我沒有埋怨。男生嘛，爭鬥是競爭的本質，競爭又是進步的動力。那一場比鬥之後，我趁著療傷檢討自己的功夫，後來悟出道理，武藝更精進了。」嚴書基長老也回想往事，悠悠的說。

「不過，」方子龍口氣委婉，「遇到糾紛不要用暴力解決，比較成熟的作法是用說的，以理來服人。」

「對，對。」阿弟和呂太太同聲附和。

兩個男生仍然無動於衷。

羽萱在一旁看不下去，站起來對他們大聲說：「喂！今天大家是為了讓你們和解才來吃飯的，本姑娘還犧牲了寶貴的補習時間，你們兩個臭男生聽著，沒有和好的話，誰都不要走出這個門。」

「干你屁事啊！」呂興榮朝羽萱大叫。

安南看見羽萱挨罵眼中噴出怒火，用力拍桌。「你是什麼東西？竟敢罵我們的人？」

阿弟拉住安南。「不要這樣。」

呂太太也制止呂興榮。「講話怎麼可以這種態度。」

兩個少年不顧自家母親的勸告，眼看又要發生衝突，這時一位老廚師跑進包廂，打斷他們：「很抱歉，今天鰥魚賣完了，可否改為西湖醋魚？」

老廚師穿著白底黑鈕釦的廚師服，頭戴主廚高帽，臉上戴口罩，讓人看不清他的長相。

「西湖醋魚跟松鼠鱖魚有什麼不一樣嗎？」呂太太好奇的問。

「西湖醋魚是草魚做的，口感比鱖魚更鮮嫩幾分。」老廚師回答。

「那沒問題。」呂太太點點頭。

主廚離開後，方子龍說：「年輕人血氣方剛，戒之在鬥。我建議雙方直接把不痛快講出來，不要悶在心裡，不然糾紛總是無法解決。」

「是他在網咖裡面無緣無故先攻擊我，而且還把我的手打斷，今天如果大家都為他說情，那就太沒天理了。」呂興榮說。

「這確實是安南的錯，安南你先道歉。」阿弟說。

安南把頭側過去，默不作聲。

「安南，不管你記不記得，但你真的打傷人家，我也覺得你應該道歉。」志達在一旁幫腔。

安南回頭看了志達一眼，一會兒後鬆口。「好，看在老大的面子上，我願意道歉。」說著便站起來，轉向呂興榮。「對不起。」

「好了，好了，沒事了。」嚴書基長老跳出來打圓場，「從此大家是好朋友了。」

沒多久，餐廳的服務生上菜，方子龍看見端上來的菜色訝異的說：「想不到第一道菜就是西湖醋魚。」

大家開始用餐，志達夾了一小塊魚肉送進口中。

「啊，好酸！」他感覺到超乎尋常的酸味，忍不住大聲嚷嚷。

「不會啊！只是一點鎮江醋的酸而已。」方子龍說。

「還好吧！」其他人也都這麼說。

志達覺得納悶，怎麼自己的反應跟別人不同，不禁再吃第二口試試，這一次強烈的酸味不僅讓他的臉皺成一團，腦中還迸出祕笈裡的圖像：那一口大鼎上，雞仔豬肚鱉的旁邊竟冒出四個發亮的字「西湖醋魚」。

「啊，是它……」志達驚喜的脫口而出。

羽萱猜出他的心思，面露喜色。「莫非這是……」

「沒錯！」

砰——

這回換呂興榮拍桌，他覺得志達故意裝模作樣，分明蔑視他們。他指著志達怒罵：「這是我媽點的菜，你到底有什麼意見？我看你是存心找碴。」

「你敢汙辱我老大！」安南回罵說。

呂太太在一旁制止。「呂興榮，人家沒有那個意思。」

阿弟也安撫安南。「幹麼動不動就生氣？不能好好講嗎？」

兩人非但沒有理會，還紛紛跳起來。

「走，去外面單挑，不敢來的就是膽小鬼。」安南說。

「你才是膽小鬼！走啊！」為了面子，呂興榮逕自往外走去。

兩人不管大人們在身後叫喚，快步走出包廂。

志達怕出亂子，連忙快步跟過去，但出了包廂卻看見安南把呂興榮撲倒在地，朝他頭上揮拳。呂興榮舉起一隻手阻擋，仍連連挨揍，痛苦大叫。

志達上前把安南拉走，這時羽萱也追出來，幫忙攙扶呂興榮站起來。

羽萱氣憤的指著安南大罵：「你太過分了！你還有沒有一點理智啊？他都已經斷了一隻手，打石膏綁繃帶了，你還這樣打他？」

「他活該！」安南毫無歉意。

「你……」羽萱簡直氣炸了，轉頭對志達說：「把他帶離這裡，讓他好好冷靜。」

志達心思一轉，乾脆趁機帶安南去古代，遠離這個是非圈，他也可趕緊去學新神功。於是給羽萱一個眼色，拿出口袋中的鐵湯匙和軒轅石。

羽萱一見明白志達的意思，便拉著安南往志達身邊走去。

「雷金流火，天地玄黃，元祖叱吒，萬古流芳，天清清，地靈靈，全脈神功，請示薪傳——」志達大聲唸出咒語。

最後用力的拿鐵湯匙敲擊打火石，大叫：「西湖醋魚……」

「你在幹什麼……」安南困惑的問。

但他的話還沒有說完，青色的通天烈焰便拔地而起，將志達、羽萱和安南包圍。

接著火焰中冒出巨大無比的青熊，吼聲響徹雲霄，安南嚇得跌倒在地。

第十一章 主戰，還是主和？

青熊騰空捲走了所有的火焰，但周圍依舊光亮，三人發現身旁並非華燈初上的臺北街頭，而是清朗而寒冷的白天。他們站在落葉脫盡的樹林裡，前方是一座一望無際的湖泊，湖邊有十多人蹲坐著，各自備著水桶，不知在做什麼。

安南看見志達和羽萱都換上了古裝戲裡的裝扮，頭上紮了髮髻，不禁低頭看看自己，又摸摸頭頂，發現自己也變裝了，慌張大叫：「怎麼會這樣？發生什麼事？」

「我們回到古代了。」羽萱一時無法交代清楚，只能安撫他說：「你不要害怕，我們來找個東西，找到了就會回去。」

「你到底在說什麼，我怎麼聽不懂。這裡是哪裡？剛剛那頭青色的猛獸是什麼？牠去哪裡了？呂興榮呢？剛才吃飯的餐廳怎麼也不見了？」安南焦慮的不停發問。

「唉！這說來話長，有機會再慢慢說給你聽。」羽萱說。

志達收起軒轅打火石和鐵湯匙，安南卻抓住他的雙手大叫：「帶我回去，我要回去——」

這時羽萱忙對他們揮手。「你們不要吵，湖邊的人叫你們小聲一點。」

他們往湖泊看過去，果然有幾個人面向他們，不停把食指放在脣上，示意他們安靜。

他們輕手輕腳的走過去。志達問：「請問這裡是哪裡？」

「噓！」一個穿著整齊、看起來像負責管事的人，壓低聲音說：「你們一直講話會害魚兒不敢靠近。」

「你們在做什麼？」羽萱問。

那個人又氣急敗壞的低聲說：「不要再說話了，你沒看見我們在釣魚嗎？」

原來他們個個拿著釣竿正在垂釣，因為天冷，岸邊的湖水結了薄薄的碎冰。

「這座湖叫做什麼名字？」安南輕聲問。

「你們怎麼不知道大名鼎鼎的西湖呢？有什麼事快說，別在這兒妨礙我們辦正事。孫大人府上的喜事需要用到五十條草魚，再不湊齊可來不及了。」

「西湖？孫大人？請問現在是那個皇帝在位？」羽萱發問。

那個人忽然警戒起來，口氣帶著敵意。「你們該不是北方金國派來的間諜吧？」

「金國又是什麼東西？」安南好奇的問。

「什麼？連金國也不知道。金國攻陷汴京城，俘虜了徽宗和欽宗兩位皇帝，占領了我們北方的城池，國仇家恨，你們這些小孩……唉！不知道也好，徒增嘆息。」

羽萱腦中靈光一閃。「我懂了，這兒是杭州的西湖，南宋時稱為臨安。」

「正是臨安。」那個人回答。

聽到南宋，羽萱就想到民族英雄岳飛，不免關心的問：「請問抗金名將岳飛將軍，已經被秦檜害死了嗎？」

「天哪！這樣的話你也敢講？什麼害不害的，他若是真有謀逆不忠之心，那也是罪有應得。」然後那個人表情正色說，「你們三個是什麼人？」

「我們是三兄妹，因為戰亂父母雙亡，從北方流浪到這兒。」志達解釋。

「原來是這樣。」那個人同情的說，「可憐啊！」

志達有過先前穿越回到明鄭的經驗，連忙問說：「有沒有地方可打工？我們會做菜。」

「真巧，我們孫近大人的小兒子要娶媳婦了，為了孫府的五十桌喜宴，余大娘正急著招募人手來幫忙。唉！如果司徒大廚還活著，他跟他徒弟余大娘兩人可以包辦全部的菜餚，可惜他老人家半年前病逝了。」那個人感嘆的說。

「我們很會做菜，煎煮炒炸樣樣精通。」志達自信的回答。

「我不會……」安南想坦白卻被羽萱摀住嘴巴。

「他不會做菜，但是會洗菜、切菜。」羽萱說。

「那太好了，待會兒你們三個就跟我一同回去，我是孫府的奴僕阿忠。余大娘也是北方人，或許會收留你們在她底下工作。」那個人咧嘴笑說。

他們在岸邊等著，不久那幫人釣齊了足夠的草魚，便抬起盛了魚兒的水桶，走回臨安城。

臨安城裡好熱鬧，人來人往的，各種商家鋪子，酒樓、賣羊肉的，賣傘的、布料的、吃喝玩樂應有盡有。街上的孩子們奔跑追逐，還有人燃放爆竹，熱鬧不已，特別的是家家戶戶門口都掛了寫著「神荼」、「鬱壘」的木板。

「那些是什麼？」志達好奇的指著那些板子。

「那是桃符，掛在門上避邪用的，馬上就要過年了，這些都要換新。」阿忠說。

一行人來到一座華美的宅邸前面，阿忠說：「到了，我們去把魚倒進灶房的大水缸裡。」

這棟宅子內部就像它的外觀一樣貴氣，有好幾進的院落，他們到了灶房後，一個大娘迎上來，臉上掛著期盼的神情說：「齊了吧？」

「齊了，余大娘。」阿忠欣喜的回答。

「太好了，下午我還得去東市，叫賣菜的李老頭明天給我們送二十斤蘿蔔、白菜。」

這余大娘身子不矮卻略顯肥胖，臉色黝黑，彷彿是長年待在灶邊給柴煙燻出來的。然而她的雙目炯炯有神，指著三個孩子問：「這幾個是……」

阿忠介紹他們的身世之後，余大娘心生憐憫的說：「同是天涯淪落人啊！不過，年紀這麼小，真的會做菜嗎？」

進到灶房，看見四口大灶組成了「田」字，灶邊桌上有顆鴨蛋和一鍋剩飯，羽萱二話不說，加了柴火，兩三下就炒出一盤陽春蛋炒飯。

「你的廚藝又如何？」余大娘問志達，「拿這西湖的草魚來說吧，該怎麼料理？」

志達毫不猶豫搬出「酸白菜魚虎湯」的作法，仔細說了一番。

「啊，果然是行家。」余大娘驚喜的說。

「那你……」余大娘將目光轉向安南。

「我會打雜。」安南馬上說。

「這也不錯。」余大娘點點頭，「那就都留下來幫忙吧，孫大人不會虧待你們。」

「太好了！我們有棲身之所了。」羽萱說。

三個人吃完飯後，跟著大夥兒忙裡忙外，先是幫忙打掃環境，整個宅邸占地廣大，各處都要用清水擦拭，著實花費許多心力。不久後，有人用牛車載來十幾個新火爐，他們也去幫忙卸貨。

余大娘出門前把他們叫到身邊，給了一人一根扁擔跟兩個籮筐。「我要外出採買，你們來幫我挑東西。」

他們立刻應聲，開心的跟在余大娘後頭，能到戶外逛逛總比留在屋裡打掃好玩多了！

不過走在大街上，氣氛有點低迷，沿路聽得人們議論紛紛。

「岳將軍被人誣陷謀逆之罪，從十一月囚禁到現在，都已經快兩個月了，我看拖這麼久是凶多吉少。」一旁的男人說。

「你不知道他的兒子和部將已經被斬首了嗎？」另一個人也說。

「都怪他自己，打仗就打仗，管什麼皇上的家務事，建議皇上早點立太子以安定民心，這不是越權了嗎？」

「重點是他主戰，皇上和秦丞相主和，兩方意見完全相反。」

余大娘聽見了忍不住插話。「岳將軍當然主戰了，眼看著北伐節節勝利，奪回許多城池，就要直搗黃龍，救回二聖，卻被皇上的十二道金牌緊急召回。」

「那當然，二聖如果被救回來，現在的皇上該怎麼辦？讓位嗎？」

「是歸位。」余大娘理所當然的說。

「人家皇帝做得好好的，當然不願意讓位和歸位。」有人這麼說。

「岳將軍是冤枉的，他被召回臨安後，被皇上拔去了兵權，他隱居起來，沒想到秦檜竟派奸人誣陷，說他心生不滿，寫信給他的昔日部屬，鼓動他們起兵造反，將他打入大牢，到現在還不知道會怎麼判決呢！」

「聽說是秦檜的妻子收了金人的賄賂，才反對攻打他們！」

大家說起岳將軍被陷害的事，個個義憤填膺。

忽然有個頭戴毛帽的人不高興的睥睨余大娘一眼。「大娘，你是孫近府上的廚娘，你們家大人跟秦檜是一夥兒的。」

「我雖然是孫府的人，但也知道岳將軍忠心為國、被人冤枉。儘管我只是個廚娘，但是忠義兩個字還知道要怎麼寫。」大娘急忙澄清。

「好，很好。」戴毛帽的人因而對余大娘另眼相看。

志達、羽萱讀過這段歷史，知道岳飛終將被秦檜所殺害，一直默不吭聲，但這時安南卻說：「岳飛得罪皇帝，死有餘辜。皇帝是老大，怎能不聽老大的話呢？」

「岳飛是忠臣，他救徽宗和欽宗，那是為了國家大義。」羽萱不高興的說。

「我覺得主張和平的皇帝和秦檜才是對的。」安南不以為然的反駁。

「主和是姑息敵人，求得短暫的和平，卻可能帶來巨大的禍害。」志達說。

「你們不是要我不要跟別人打架嗎？為什麼又支持『主戰派』呢？秦檜主和，『和平』不正是你們以前要我做的嗎？」安南不高興的挖苦說。

「情況不一樣啊！」志達說。

「和平也有分好壞，投降也能和平，而且可以是最快達成和平的方法，可是一旦投降了，你就會變成敵人的俘虜，這樣你也願意投降嗎？」羽萱說。

「願意啊！我之前因為打不過志達，不是就直接投降，叫他老大了嗎？」安南指著志達說。

「你……」羽萱氣得不再跟他說話。

「我本來就是你的朋友，可是金國不一樣，他們就像豺狼一樣，要把南方的政權全部吞進肚子才能滿足。」志達還是耐心的解釋。

安南雖然沒有再出言反駁，卻還是一副不服氣的樣子。

回到孫府後，三人聽從余大娘的指揮把食材整理就位，開始準備晚餐。

這時余大娘突然嘆口氣說：「咱們孫大人在朝廷當大官，是秦檜丞相的同黨，他們都主張與金人議和，不要戰爭。可是這是養虎為患，終有一天要後悔的。」

晚餐剛做好沒多久，有人送來好幾籠的雞鴨，余大娘指揮一班奴僕和三個小廚子，在灶房裡點起燭火宰殺雞鴨，從放血到煮熱水拔毛，搞得到處都是血腥味，又是屎臭味。

三個孩子渾身沾染了難聞的腥臭，紛紛皺眉憋氣，尤其安南沒有下廚的經驗，更是痛苦。

又忙了大約一個時辰，總算把一百多隻的雞鴨全數處理好，用籮筐裝著，往後院一放，漸漸就凍起來了。

「這裡的天氣就像冰箱一樣，真方便。」羽萱抹著額頭的汗珠，開心的說。

話語剛落，這時前廳傳來歡快的人聲。

余大娘聽見聲音前往窺探，他們三人開著沒事，也跟著過去。

余大娘和三個孩子躲在牆後，看見廳堂中燈火通明，有人說：「這岳飛殺得好，皇上御賜了毒酒，又把他的頭砍下來，殺雞儆猴，叫那些心存謀逆和主張戰爭的人不敢再妄想跟進。」

孫近坐在主位上，笑呵呵的說：「秦丞相立下大功一件，皇上龍心大悅，必然加官進爵，我孫家也將跟著雞犬升天，指日可待了。」

余大娘傷心的抹著眼淚，悲痛不已。

這時管家跑到孫近身旁說了幾句話。

「叫他進來。」孫近說。

管家走出廳堂，一會兒領了客人進來，那人獐頭鼠目，卑躬屈膝，滿臉盈笑，一進門就對孫近鞠躬：「恭喜孫大人，施金山有禮了。」

躲在牆後的余大娘突然激動的抓著窗上的短柱，咬牙切齒，渾身顫抖，彷彿想把它們扯斷似的。

羽萱和志達面面相覷，感到十分訝異。

第十二章 噬血魔再次現身

施金山身邊跟著一個彪形大漢，長得虎背熊腰，銅鈴大眼，大冷天裡打赤膊，渾身血脈賁張，殺氣逼人。

孫近看了害怕，叫大漢退到廳堂外等著。

「之前要送給大人的五十頭肥豬已經用板車送來了，就在大門口。」施金山奉承的說。

「怎麼這麼不懂禮數，快叫人從後門送進後院。」管家說。

「失禮了。我這就叫人送過去。」施金山應承。

「讓阿忠帶他們過去。」孫近說。

管家聽了吩咐便出去喚阿忠，這時施金山又說：「大人，天寒地凍的，因此我讓手下的屠戶們把五十頭豬都宰好了，精肉肥肉分在一車，五臟頭尾分在一車，共一百臺板車，敬獻給大人。恭賀您府上大喜，令郎早生貴子。」

「知道了。」孫近面無表情，手托腮幫子，冷漠的望著外頭。

施金山察覺不對，用眼神探問管家，管家提示他說：「怎麼只有豬肉、五臟和頭尾？豬血呢？」

「真抱歉，那豬血用來餵養我的新保鏢瘋豹了。大人您剛才看見了，他身材魁梧，孔武有力，偏偏不要工錢，也不吃其他食物，只愛喝豬血，因此我只得將那些豬血都給他了。」施金山心虛的說。

「你把要給我的東西，分給了別人？」孫近的語氣低沉，像是忍著極度的不快。「那五十頭豬你拿回去，我孫近買不起五十頭豬嗎？」

「大人恕罪！」施金山慌張下跪，「大人恕罪！晚上我就叫屠戶們再殺五十頭豬，明天一早把豬血送來，請大人息怒。」

孫近這才勉強點頭。「起來吧！我聽說你有事要求我，說來聽聽。」

施金山不敢站起來，反而頻頻彎腰磕頭，慌張的哀求：「啟稟大人，昨天我在房門上發現一個夾著信箋的飛鏢，把信打開一看，是我的仇敵宋二郎。他在信上警告，說他將會出席孫府的喜宴，為他的哥哥報仇，要我趁早交代後事。今天一早我到處徵求保鏢，還讓應徵的人互相決鬥，最後就是瘋豹勝出。」

「你平日不知做了多少壞事，得罪了多少人？跟我說這些幹什麼？你有保鏢護著你，有什麼好怕的？」孫近的語氣明顯不耐。

「不，大人。」施金山又說，「他說要在孫府喜宴的時候下手，那不就搞砸了令郎的大喜之日，我不能無辜牽累大人，因此提前來稟報。」

「太過分了，難道我也得罪過那個宋二郎嗎？」孫近感到莫名其妙，「說，你和那人有什麼恩怨？」

「多年前，此人和他的哥哥宋大郎以釣魚、擺渡為生，一日我搭了宋大郎的船，他意外落水而亡，宋二郎知道後便將過錯賴在我身上，說是我害死他的哥哥。」施金山眼神飄忽，口中卻是振振有詞。

「真的是這樣嗎？」孫近質疑的說。

「哎呀，大人，小的萬萬不敢欺瞞您！後來宋二郎來找我尋仇，不過沒有成功。但聽說他這幾年改名換姓，也改變了容貌，通過科舉謀得官職，只盼孫大人明日喜宴早早設下埋伏，待宋二郎現身把他抓起來。」施金山說。

「幫你清理仇家不是問題。」孫近比出五根手指頭。

「小的知道禮數，謝謝大人。」施金山又磕頭。

志達也比出五根指頭，問余大娘：「這是什麼意思？」

然而余大娘卻愣愣的望著前廳發呆，久久才回神說：「五……五百兩。」

施金山待了一會兒後離開了，他們也回到灶房，但余大娘一副若有所思、心不在焉的模樣。

「大娘，你身體不舒服嗎？」羽萱關心問說。

「沒事。」她搖搖頭。

「你怎麼了，怎麼看起來失神落魄的樣子？」志達也關懷的問。

「沒事。」她仍然這樣回答，然後吸口氣，挺起胸膛說：「天色暗了，今天的工作都做完了，明天的喜宴才是重頭戲。你們早點休息，明日天沒亮就要起來做菜了。」

三人回到傭人的房間後，羽萱說：「那個瘋豹愛喝豬血，根本就是噬血魔。」

「沒錯。」志達贊同。

「你們在說什麼？什麼是噬血魔？」安南感到莫名其妙。

「那是一種以人血為生的妖魔，殘忍暴虐，非常可怕。」羽萱嚴肅的說。

安南想起自己那天夢遊醒來時，嘴角有血漬，還吐出黑色的黏稠物，害怕的說：「那麼，我是噬血魔嗎？」

「你不是啦！如果你是噬血魔，早就把我們兩個殺掉，吸光我們的血了。」羽萱笑著說。

「可是，噬血魔怎麼會知道我們在南宋的西湖邊呢？」志達問。

這問題羽萱也沒有答案，三人忽然陷入一陣沉默。

一會兒後，志達又說：「余大娘的舉動好奇怪。」

「就跟看到仇人的反應一樣嘛！我看到呂興榮的時候，應該也差不多是這種表情。」安南笑說。

「她跟施金山有仇？」羽萱問。

「誰知道？大娘什麼都不說。」志達說。

「哎呀！冤家宜解不宜結，冤冤相報何時了？一起坐下來吃頓飯就好了嘛！幹麼生氣呢？」安南又藉機嘲諷。

「你平常都這麼討人厭嗎？」羽萱瞪著安南，氣呼呼的說。

安南原想反駁，卻沒預警的打起嗝，而且聲音愈來愈奇怪。

「嗝……嗝……吼……」

接著，他像上回在籃球場時一樣弓起身體，用手腳走路，並且張開嘴巴，眼神迷離的吼叫。

「安南又發作了。」志達驚慌叫道。

羽萱第一次看到安南這副模樣，嚇得站起來保持警戒。

咚！咚、咚！

這時窗外傳來打更的銅鑼聲響，同時有人在屋外喊著：「平安無事……」

「啊！我讀過書上記載古代打更的情形，連續三響聲代表三更，也就是十一點到凌晨一點之間。」羽萱推論。

「十一點？」志達回想安南上回發作的情況，有所領悟的說：「安南似乎都在這時間出現異狀。」

志達鎮定下來，回想起那天在籃球場對安南點穴，於是如法炮製，兩三下就將安南制伏，使他陷入昏迷。

「羽萱，你過來幫我扶著他。」志達調整安南的姿態，讓他盤腿而坐。

羽萱在一旁扶好安南，接著志達說：「我試著幫他運功，看看能不能感應到什麼。」

他說完便坐到安南背後，雙掌運氣貼到安南的背上，開始把真氣運送進去。那股內力進到安南體內之後，猶如繁茂的樹根密密的深入土壤中一般，滲進了每一條經脈之中進行探索。

很快的，志達感應到一股力量對他的內力進行反抗，那力量本來是分散的，漸漸集中起來，將他的內力往回推。他不甘示弱，將分散各處的內力收攏一起，全力對付。

他想將那股力量擊垮卻不得要領，它始終在那兒，只是稍微縮小範圍，收攏在一起。幾次之後，志達發現他可以藉由內力移動那股力量的位置。

「太好了！」他在心中大喊，腦中掠過一個靈感，隨即用真氣一逼，將那股力量運到腸子之上，並且慢慢推移到其中一截，並在它周圍施加內力，將它困在裡面。

他鬆開手，收起內力。

「怎麼樣了？」羽萱焦急的問，「有什麼發現嗎？」

「他體內的毒血之氣被我集中濃縮，鎖在盲腸裡頭，不會散發出來。或許這樣能讓他暫時不會再次出現野獸的舉動。」

「為什麼是盲腸？」羽萱納悶。

「因為盲腸是沒有功能的器官啊。把毒血鎖在裡面，它就沒辦法作亂了。」志達解釋。

「好主意。」羽萱欽佩的說。

「好了，我們該睡了，明天還要早起工作。」

三個人就這樣進入夢鄉。

但過沒有多久，他們就聽見余大娘的叫喚聲。

「快起來，今天中午要辦喜宴，起來做菜了。」

不由得他們賴床，幾個大人直接把他們從床上挖起來，拖到井邊。

「先洗菜。」余大娘下令，大家只得趕緊動作，拿起刷子和沾了泥的蘿蔔，開始刷洗。雙手一碰到冰冽的井水，瞬間就把他們冷醒了。

好不容易洗完蔬菜，余大娘說：「今天的菜色裡有東坡肉、水晶膾和餛飩……」

「水晶膾是什麼？」安南好奇的問說。

「可憐的孩子，居然連水晶膾都沒吃過。」余大娘不禁同情起來，耐心的解說，「那是把豬皮熬成膠，放冷之後便會結凍。這道菜需要天冷才能製作，通常是臘月才吃。」

「原來是豬皮凍呀！」安南笑著說。

「你們三個，一個負責把五花肉切成四方塊，剩下的肉，一個把豬皮切下來，一個把沒有豬皮的肉剁成肉末。」余大娘又吩咐。

他們商量了一下，決定由羽萱切五花肉，安南切豬皮，志達剁肉末。志達內力深厚，動作極快，安南雖然只是切豬皮，常常還趕不及供應志達沒皮的豬肉塊。

「其實二十頭豬就夠喜宴使用了，老爺也太貪心了。」余大娘感慨的說。

「施金山怎麼會有那麼多豬，說要多殺五十頭就多殺五十頭呢？」羽萱好奇發問。

「他是這一帶有名的屠戶，底下有一百多個屠夫，肉價由他一人掌控……」只見大娘愈說愈激動，最後語氣凶惡的說：「別在我面前提起他——」

三人一聽不禁乖乖閉嘴，低頭工作。

余大娘指揮灶房上下的能耐真不是蓋的，很快就在十幾個大爐裡燒紅了炭，幾個用來燉煮東坡肉，幾個用來熬豬皮膠，然後把雞鴨掛進大燜爐裡，開始烘烤。

「哇，烤雞和烤鴨，都是我的最愛！」志達開心的說。

「你哪兒學來這種奇怪的說法。」余大娘皺著眉，搖搖頭說，「我們這兒稱為炙雞和燠鴨。」

「大娘，軟羊要在哪兒燉？我看後院都沒位置了。」阿忠過來問道。

「真沒辦法，就把後門打開，把爐子擺到後巷去吧！」

「好的。」阿忠急忙帶人過去布置。

「軟羊又是什麼？」羽萱好奇的問。

「沙鍋燉羊肉啊！」余大娘解釋，「好了別問那麼多了，快來包餛飩吧，一桌要準備一百顆餛飩才夠呢。」

說完她便開始燙麵團，擀麵皮，把調好味的豬肉餡包進麵皮裡，捏成元寶的形狀。

「這看起來像是水餃，怎麼說是餛飩呢？」安南好奇的說。

「又怎麼啦？」大娘有點不耐煩，「你們該不會連餛飩也沒吃過吧？」

「原來在宋朝，餛飩就長得跟我們的水餃一樣。」羽萱細聲說。

三人會意過來，開始幫忙包起餛飩。

這時灶房外傳來人群雜沓的聲響，余大娘彷如夢中驚醒，跑出去繞了一圈，回來後說：「你們包餛飩，我去殺草魚。這草魚本來要紅燒，排在第五道菜，我現在改變計畫，第一道就要上它，而且是改做成醋魚。還有，雖然餛飩是最後一道菜，但還是得加緊動作，因為一開桌之後，就沒什麼時間了。我這就找人一塊兒去殺魚，你們快點。」

「是的。」三人同聲回答。

志達聽完大娘的吩咐，高興的心想：「太好了，西湖醋魚要出現了，我得隨時留意著，看看『內力心法』有沒有冒出來。」

那表示他們即將可以回家了。

第十三章 殺氣騰騰的大喜之日

志達回想剛才余大娘聽見前廳人聲雜沓的反應，覺得事有蹊蹺，因此跑到井邊偷看大娘殺魚，卻見她不時抬頭張望，心神不寧。志達觀察附近的變化，這才發現不管是後院或後巷，都布署許多佩帶刀劍的人，來回徘徊著。

他心中一驚，跑進灶房對另兩人說：「孫大人真的請許多高手過來，就等施金山的仇家出現要抓他。」

「天哪，今天是結婚喜宴，千萬不要釀成悲劇啊！」羽萱看起來也很憂心。

這時前廳已是貴客盈門，孫近和夫人陪客人寒暄，整個大堂裡鬧烘烘的。

不久大娘回來，身後的奴僕提了幾籮筐殺好的魚。

「準備得怎麼樣？前面已經拜堂了，午時一到就要開桌，剩不到兩刻鐘啊。」管家跑過來催促。

「別擔心。」大娘回話後，轉身對他們說：「快在大灶上煮一鍋熱水，我要來做醋魚了，這可是我獨創的一道菜。羽萱燒柴火，安南去捧盤子過來，志達到我旁邊，這個灶裡也要燒柴火，好讓我煮醬汁。」

志達熟練的在另個灶心裡燒出大火，余大娘先在乾鍋裡起油鍋，加入蔥薑炒過後加入黃酒和醬油，然後倒進一壺鎮江醋。一瞬間，濃郁的醋酸瀰漫空中，往人鼻孔內鑽去。

「咳——」大家不禁連連咳嗽。

煮好了淋醬，大娘用極快的速度在魚身上切了幾刀，魚身分離成不均等的六片，然後下鍋燙煮。大娘在心中默數，大約過了三分鐘，便將魚塊撈起，分裝到盤子上，然後淋上酸溜溜的醬汁。

「咦，怎麼沒有感應？」志達一直期待著腦中出現內力心法，可是沒有半點動靜。「西湖醋魚的內力心法到底是什麼？」

這時，前廳響起了爆竹聲。

「你愣在那邊幹什麼？快把菜端到前面去啊！」

大娘提醒志達，他才發現羽萱、安南和其他兩個送菜的奴僕都不見了。他急忙端了兩盤菜，走到前廳去。

前廳和院子裡都擺滿了桌子，志達選了其中兩個空桌把菜擺上，又快快回到灶房。就這樣來回數趟，才把第一道菜都上完。

「真是酸得夠味呀！」不少人品嚐之後如此稱讚。

「這魚肉鮮嫩，不會煮得太熟而變得乾澀。」也有人這樣讚嘆。

孫近意興闌珊的望著外頭的天色，納悶的說：「怪了，秦相爺說好要來的，怎麼到現在還沒有到。」

「聽說皇上下令賜死岳飛之後，秦相爺一高興，昨晚就喝多了，怕是還沒起床呢！」有人回他。

志達經過另一張桌子，看見一位濃眉大眼、大鬍子的中年人站起來，旁邊同桌的賓客叫住他：「郭懷大，酒席才剛開始，你跑哪兒去？我們說好要喝個不醉不歸。」

「我去趟茅房，等會兒就回來。」叫做郭懷大的男子開玩笑說：「你別跑，等我回來收拾你。」

「哈哈哈！」席間響起眾人哄笑。

志達原本只當作一般賓客在嬉鬧，趕緊走回灶房端菜，不料卻發現這個郭懷大尾隨在他身後，而不是到屋子另一處的茅房。

志達進到灶房端起兩盤炙雞正準備回頭往前廳走去，卻遇上了跟著他走進來的郭懷大。

「嫂子！嫂子！」郭懷大低聲叫喚。

這人是怎麼回事，怎麼來灶房認嫂子呢？

志達心中納悶，不禁問他：「你是余大娘的親戚嗎？」

郭懷大點點頭，伸手示意他不要多問，繼續輕聲叫喚：「嫂子！」

余大娘正忙著把炙雞和燠鴨從燜爐裡拿出來，聽見聲音，以為是外頭的賓客沒有理會，繼續手邊的工作。

「嫂子！是我。」郭懷大又說，「我吃到醋魚了，我知道是你呀。」

余大娘聞言一愣，急忙回頭，接著睜大雙眼，指著郭懷大說：「是你……」

「是的，是我。」郭懷大往地上一撲，雙膝下跪。「長嫂如母，六年來未曾向你問安，真是不孝。嫂子，別來無恙？」

「那酸溜溜的醋魚，是我給你的暗號。你果然也在賓客之中，太好了……太好了……」余大娘不住的點頭，兩行熱淚順著流下，然後她扶起郭懷大，激動的說：「你居然能認出我來，我可一點都認不出你呀！」

志達看傻了眼，安南和羽萱端完菜回來，也看得莫名奇妙。

「你們快去上菜，先上炙雞，等會兒上完水晶膾，再上燠鴨。」余大娘看見三人對他們說。

「好。」安南和羽萱應聲而出。

志達一心期待著「內力心法」出現，端著盤子躲在門外偷看。

「你怎麼打扮成這樣？你若是沒有先認我，我也不知是你。」余大娘說。

「嫂子。當年我的武功贏不了施金山，但是文采還行，尤其在這重文輕武的大宋國，想要報大哥的仇，也只有當官一途。因此，我隱居苦讀，三年前科舉中第，現在擔任一個中階官員，只想著努力表現，力爭升官。」郭懷大又說：「而且我還拜了武當派的高手為師，學了不少獨門功夫，就為了找機會狙擊施金山。」

「原來他就是施金山口中的仇家。」志達心中暗叫。

「好，虧得你有情有義，不枉你哥哥當年那麼疼你。」余大娘看看外面，然後輕聲說：「施金山昨天來向孫近告狀，說你預告要在喜宴裡對他不利。孫近收了他的賄賂，在府邸內外埋伏了很多壯士，你可不要輕舉妄動。而且施金山新得了一位保鏢，叫做瘋豹，看起來魁梧勇猛，聽說非常殘暴，你可要千萬小心。」

「那飛鏢上的信，我只是故意嚇嚇施金山，喜宴上那麼多人，當然不是報仇的好時機。」郭懷大笑說。

「那我就安心了。我本也想在今日為你哥哥報仇，但人群中實在難以下手。你且快回座去，免得引起旁人懷疑。」

「原來施金山是余大娘和她小叔的共同仇敵，難怪大娘看見施金山時，那麼悲憤激動。他們到底有什麼深仇大恨呢？」志達心想。

「嫂子，不要待在這兒了，那孫近不是什麼光明磊落的人。你現在就跟我走吧！我們一同商討大計，為哥哥復仇。」郭懷大又說。

「好，我跟你走。但是現在還不行，我如果突然離開，怕是會連累了底下的人。不如等喜宴結束，今晚亥時到蘇堤旁的小破廟相見。」余大娘說。

「好。那我先回座。」郭懷大臨走時又補了一句，「嫂子這身打扮也與舊時相去甚遠，若不是那道醋魚，就算你站在我面前，我也不知是誰。」

「唉！紅顏禍水。」余大娘感慨的說：「如果可以重來，我寧願當時只是個蓬頭垢面的村婦，也不會無端遭致這些禍害呀！」

郭懷大嘆口氣，隨即離開灶房。志達跟在他後頭，進到宴席之中。

「喂！我們這兒缺炙雞呢！怎麼現在才來。」

「我們這桌也是，快點上菜。」

客人紛紛朝他嚷嚷，志達趕快把炙雞放在這兩張桌上。

這時，門外傳來門僮的吆喝：「秦相爺駕到——」

孫近一聽歡喜不已，立刻叫門僮燃放爆竹，並偕夫人和兒子們來到門口外相迎。

這時震耳欲聾的爆竹聲再次響起。

一見秦檜下車，眾人一同鞠躬作揖。

「歡迎秦相爺大駕光臨。」孫近上前迎接。

「恭喜啊！」秦檜春風滿面的對孫近說：「你連最小的兒子都討媳婦了，真是好命啊。從此可以好好享福啦！」

「謝相爺。相爺這邊請。」孫近一旁引路，帶秦檜到主桌就座。

志達回到灶房準備繼續端菜，余大娘好奇問他：「怎麼又聽到爆竹響起，發生什麼事了？」

「秦檜來了，老爺放爆竹迎接。」志達回答。

余大娘一聽憤恨滿腔，咬牙切齒的說：「這個奸臣害死了岳將軍，我相信老天有眼，終有一天會讓他得到報應的。」

志達看看一旁還剩許多麵粉，心生靈感。「或許不用等到那一天，今天就可以讓他當眾出糗。」

「什麼意思？」余大娘、羽萱和安南都感到疑惑。

「看我的。把這鍋燙煮草魚的熱水倒掉，我要煮一鍋熱油。」志達吩咐。

安南和羽萱如他所言，合力把鍋中熱水抬到溝邊倒掉。

灶房裡，志達開始和麵粉，還加入老麵，氣憤難平的說：「陷害忠良的奸臣，該給他一點顏色瞧瞧，否則太沒天理了。」

「你要用這麵粉做什麼呢？」余大娘問。

「待會兒你就知道了。」只見志達把麵粉揉成團，再壓成扁扁的小人，並且做出眼睛鼻子嘴巴的樣貌。做完兩個小人後，在它們背面沾水，相黏在一起，然後放入油鍋中炸。

這時羽萱和安南回到灶房，志達看見兩人說：「你們也來幫忙，做好一桌的分量就行了。」

大夥兒通力合作，做出了十個小人麵團，麵團炸過後膨鬆香酥，就像八里有名的點心「雙胞胎」。

「我剛才在外頭都聽見了，那個郭懷大是你的小叔，你現在就到湖邊的小破廟，等著跟他會合。」志達一臉嚴肅的對余大娘說。

「不行啊！我得把這宴席辦完才成。」余大娘認真的說。

「不用了，我們何必為這些壞人辦喜事呢？我現在就把這盤油炸麵團端出去，讓秦檜這個奸臣顏面掃地。」接著又對其他兩人說：「羽萱和安南，你們跟著大娘一起走，我隨後就到。」

「不！雖然我不知道你要做什麼，但是這裡高手如雲。」大娘認為志達年紀小，不知事情輕重，想要阻止他。「你要是弄出亂子，不但免不了一場牢獄之災，甚至小命難保。」

「大娘，你太小看志達了，我敢說不論金國還是大宋國，沒有人是他的對手。」羽萱笑著說。

「沒錯。我家老大會點穴和輕功，沒人能欺負他。」安南附和。

「當真？且與我對掌。」余大娘說完向志達伸手，志達回掌迎接，彼此較勁內力。但沒三秒鐘大娘即敗下陣來。

「沒想到你年紀輕輕，竟然深藏不露，還真看不出來呢！」余大娘又思量了一會兒，最後點頭同意：「好吧，你上菜之前，可否先到我小叔耳邊傳個口信。」

「我會的，你們快走吧！路上小心。」志達反而為他們擔心。

余大娘假裝要帶羽萱和安南到後巷去準備砂鍋軟羊，一下子就不見人影。

志達則是端了油炸的小人，來到郭懷大身邊，對他耳語：「嫂子說，現在就去破廟。」

郭懷大雙眼圓睜，起身往灶房察看，緊接著從後門離去。

志達隨後把菜端上主桌，一邊大聲的說：「這是灶房為了今日大喜做的新菜色，一面是秦檜，一面是他老婆，兩人黏在一起下油鍋，炸得焦脆香酥。」

眾人一聽面面相覷，秦檜更是大吃一驚，怎麼自己的名字會出現在喜宴的菜色裡？

「什麼？」孫近生氣的問，「你再說一次，這道菜叫什麼？」

「啟稟大人，」志達故意扯開喉嚨大聲呼喊，「這叫油、炸、秦、檜——」

秦檜滿臉怒意的瞪著孫近，孫近也氣得滿臉通紅，起身大叫：「來人，把這小子抓起來——」

前後院幾位帶刀的高手蜂擁而上，將志達團團圍住。志達先下手為強，以迅雷不及掩耳的速度一一點穴，這些壯漢便抱著肚子在地上打滾。

孫近氣壞了，要人去把余大娘帶過來，沒想到灶房裡不見半個人影。

施金山一看鬧事的是小孩子，不可能是宋二郎，因此沒有動靜，但是原本守在大門外的瘋豹聽見聲響跑進來，認出志達便一拳打去。

志達閃身及時躲開，接著站穩腳步，回他一拳。瘋豹被打中了臉，氣得大叫，瞬間變身成一頭大黑豹。

「媽呀！」在場的賓客一看嚇得奪門而出，到處翻桌倒椅，杯盤亂飛。

第十四章 叔嫂團圓

變成黑豹的噬血魔張著尖牙大口朝志達咬過來，但志達往旁邊閃身，讓他撲了個空，黑豹轉身對他咆哮後又撲過來，志達一時慌了手腳，不知怎麼辦，只得再躲開。

黑豹兩次失手，氣憤的仰天號叫，然後對著旁邊的賓客跑去，要啃咬別人。志達一驚，不顧一切衝過去，往黑豹身上打下，黑豹腰間受了一掌，往一旁翻滾三圈，暈頭轉向的趴在地上嗚咽。

志達想乘勝追擊，點黑豹的穴道來制伏他，但卻不知道黑豹的經脈位置。黑豹很快恢復了意識，振作精神騰躍起身，繼續展開攻擊，志達索性也高高跳起，朝他額頭全力一掌劈下。

不料黑豹料到他的招式，下巴一昂便朝他手掌咬去，志達發覺後趕緊收回手勢。

志達不敢再貿然朝頭部攻擊，改往側身進攻，然而幾次下來，黑豹都伶俐的閃過。他思忖，自己的輕功完勝黑豹的騰躍能力，應該用輕功來治他才對。

他抓緊黑豹下一次的攻擊，不閃躲，也不回擊，而是雙腳蹬地，飛到黑豹的上空，然後以泰山壓頂之勢往下打在他的背脊上。

「啊——」黑豹背部反弓，猶如遭到強力電擊，淒厲的慘叫。

志達無意與黑豹纏鬥，腳底一蹬，施展輕功便躍出孫府高牆，再跳上街巷的屋瓦，一路往西湖飛跳而去。

志達按照大娘給的指示，找到那間蘇堤旁破舊的小廟，順利與三人相會。

余大娘層層解開纏在腰上的棉布條，然後洗盡臉上髒汙，等她擦乾臉後，竟變成了柳眉杏眼，身材纖瘦的年輕婦人。

志達三人看得目瞪口呆，驚訝得說不出話。

這時郭懷大剛好趕到，一見余大娘就說：「嫂子，你完全沒變哪！」

「你呢？好好讓嫂子瞧瞧。」余大娘說。

郭懷大伸手拆掉臉上的鬍鬚，拔掉粗眉毛，再把臉一洗，成了一位英俊貌美的青年。

余大娘左右端倪，慨嘆的說：「瘦了，這六年來委屈你了。」

「余大娘，這到底怎麼回事？」羽萱忍不住發問。

「我不是余大娘。我是宋大嫂。」她微笑的說。

「啊？」這回答讓孩子們更迷糊了。

「我也不是郭懷大，我是宋二郎。」郭懷大說。

「啊？」迷霧一重又一重，三人啞口相對。

「六年前，我宋家兩兄弟與嫂子在西湖邊打魚、擺渡為生。嫂子因為年輕貌美，風姿綽約，受到惡霸施金山的覬覦，派人暗中殺害了我哥哥，想要強占嫂子。」宋二郎說。

「那可惡的施金山，帶了一幫打手佯裝成渡客，上了我家大郎的船，卻在中途將他殺害，並將屍體丟入西湖之中。」宋大嫂說著，激動起來。「我和小叔去報官，沒想到那狗官正是秦檜的同黨，他受理案件之後，施金山上下賄賂，佯稱我丈夫是自己失足落水，最後反而判我們誣告之罪。」

「太可惡了！」志達忍不住生氣怒罵。

「宣判的那一夜，我二人知道施金山勢必前來報復，並把我擄走，因此決定分開逃亡。臨行之前，我用鎮江醋和醬油，淋在燙煮過的草魚上面，給小叔餞行。二郎，你可還記得我當日是怎麼說的嗎？」宋大嫂說。

「我記得一清二楚。嫂子說，請記住這股酸洌的醋味，不要忘記您心中的酸楚，等待為哥哥報仇雪恨的那一天。」宋二郎說。

「沒錯。」宋大嫂流下眼淚，「你那時含淚答應，向天地立誓，不報此仇誓不為人。」

「之後我們兩人分開逃難，從此失去聯絡。嫂子，你怎麼會到孫近家當廚娘呢？」宋二郎說。

「我隱姓埋名，假稱是來自北方汴京城的余大娘，輾轉進入孫近府中當廚娘，目的就是想藉機報仇。我知道施金山跟孫近常有往來，如果哪一天施金山來孫府用餐，我就有機會報仇。」

「就我所知，孫近掌管了朝廷對牲畜的稅收，那施金山便不時要向孫近繳納孝敬的銀錢。孫近讓施金山少繳點稅，但那些短少的錢，最後又流回孫近手中。」宋二郎說。

「這些人太壞了。」羽萱聽了也很氣憤。

「先前孫府的廚子司徒大廚，無意間得知我的冤屈，極為同情。為了報殺夫之仇，我求司徒大廚教我灶幫的功夫，慢慢的學會了基本的招式，平常用在處理食材烹煮食物十分受用。原本司徒大廚還要進一步教我官灶派的各種劍法，可惜他在半年前病逝了。」宋大嫂又說。

「他是怎麼死的？」安南好奇的問。

「他得了肺病。即使他日日辛勤練功，但工作繁重，加上年事已高，也難敵煙毒之害。不過他享壽七十五，已經非常高壽了。」宋大嫂感恩的說著。

「大家忙了大半天，都餓了吧？」宋二郎說。

這話不說還好，一提三個孩子都覺得肚子在咕咕叫。

「隨我回家去，那兒有好酒、大米，而且頗為隱密，不易被人察覺。」宋二郎說。

「這樣吧，二郎，你到湖邊釣幾條草魚，我來煮真正的醋魚給你吃。」

「真正的醋魚？」宋二郎納悶，「我們臨別前吃的醋魚，還有剛才喜宴上的醋魚，味道都是一樣的，那不是真正的醋魚嗎？」

「不是的。當年我為了讓你記住哥哥的仇未報，故意強化了酸味，但我心中理想的醋魚，另有一番滋味。」宋大嫂說。

「哦？」大家一聽也十分好奇。

宋二郎直奔湖邊，輕功騰進水面，施展了武當派的「鷂子翻身爪」，直接就在湖面上抓到草魚。他將魚放回岸上後，重施此技，又抓了兩條。

三個孩子各抱著一條大草魚，跟隨宋二郎回到郭懷大的住所。那是位在城外的私宅，灶房裡大灶柴火、鍋碗瓢盆、油米鹽糖一應俱全。

宋大嫂一進灶房便給三個孩子分工，安南挑水，志達起火，羽萱幫忙殺魚。很快的魚肉燙煮好了，又重新起鍋，改調煮醬汁，不同的是這次還加入了許多糖。

當醬汁完成，宋大嫂將它淋在魚身上時，志達的腦中驚天一亮，冒出「正義之美」四個字。他欣喜無比，卻強忍住，只給羽萱使個眼色。羽萱心中會意，微笑點頭。

宋二郎嚐了一口醋魚後說：「原來真正的醋魚是這般甜美，難為了嫂子用心良苦。」

「當年我擔心你日子一久，會忘了哥哥的大仇，但現在我們叔嫂團圓，苦盡甘來了。」宋大嫂拭淚說。

「不！」宋二郎卻把盤子推開，搖搖頭說：「我不吃了，雖然這醋魚鮮美酸甜，非常可口，但是哥哥的大仇未報，我沒有資格品嚐甜味。」

「真是好兄弟！」宋大嫂感動的點頭說。

志達吃了一口，安南和羽萱也吃了，臉上都揚起幸福的微笑。

志達感到有股熱氣從胃中直衝肝膽，並沿著兩條經脈運行，形成兩道熱流。他走到戶外，瞇起眼睛，腦中觀想著「正義之美」四字，頓時兩道熱流膨脹數倍，強勁有力的漲滿體內。他讓熱氣恣意放縱，並且放任身體和手腳隨氣的動向而扭動。他專注著那兩道熱流的運行，但頭、軀幹和四肢卻自行擺動移位，組合變換出一套全新的武功招式。「全脈神功第二式」，志達在心中告訴自己，這應該便是了。

志達陶醉在新功夫與內力運行的爽意之中，渾然不覺危機降臨。

「志達救命呀——」

他聽到羽萱的吶喊聲，收斂內力，停止動作。只見羽萱已衝到他面前，慌亂的說：「不好了，安南被一頭黑豹叼走了！」

「啊，瘋豹。他怎麼跑來了？」志達驚訝的說。

「我們剛才在收拾碗筷，安南先到井邊洗碗，我在後面看到一頭黑豹猛力撞向他。後來安南跌倒昏過去，黑豹就把他叼走了。」

宋二郎和宋大嫂這時也跟著趕來。

「那頭黑豹非常巨大，不知是哪裡來的？」宋大嫂說。

「那就是施金山的保鏢，瘋豹啊！」志達說。

「瘋豹不是人嗎？」宋大嫂驚異的說。

「不，他是噬血魔，會變化成人形來矇騙人們。」羽萱說。

「為什麼瘋豹要把安南叼走？而不直接取他性命呢？」志達試著推論瘋豹的動機。

「安南不是也中了五毒嗎？」羽萱提醒。

「對，看來，他叼走安南是另有目的。可是瘋豹會把他帶到哪裡去呢？」

「既然瘋豹是施金山的保鏢，那麼就從施金山的宅邸找起吧！」宋大嫂說。

「他的宅邸在哪裡？」志達問。

「就在東市靠郊區的屠宰場，那兒有一個大院落，空氣中充滿了豬屎味和血腥味，我這就帶你過去。」宋二郎說。

「我也去。趁這機會，我們叔嫂聯手，為你哥哥討回公道。」宋大嫂說。

「我知道那地方。我擔心瘋豹會對安南不利，先走一步。」志達說完足尖一蹬，躍進空中，刷刷穿過林木枯枝。

志達回想先前隨余大娘去東市的記憶，越過高聳的城牆，在屋瓦上奔馳跑跳，人尚未到達目的地，已聞到豬屎和血腥的氣味。

志達抵達施金山的宅邸，從屋頂上往內院一看，正如宋大嫂所猜測，瘋豹把安南叼了回去。他變回人形扛著安南，闖進施金山的房間，房門砰一聲被撞開。

「啊，你這是幹什麼？怎麼闖進主人的屋子，你要造反啊？」施金山正在房間裡休息，卻被這無禮的舉動嚇得跳起來。

「你這奴才，給我出去。」他指著瘋豹說。

瘋豹不為所動，直接在凳子上坐下。「給我血。」

「拜託，五十桶豬血你還喝不夠啊？今天在喜宴裡，你不找出我的仇敵宋二郎，竟然跑去跟小孩子打架，真是豈有此理。由於你的魯莽，我得罪了孫近，而你也沒立下功勞，根本成事不足敗事有餘。」施金山生氣的說。

瘋豹只是瞪視著施金山，面無表情的說：「給我血。」

「偏房後面殺了五十頭豬，那些血是要給孫近賠罪的。你且去喝一些，但不要喝太多，免得孫近發現又要計較。」施金山明顯不耐煩。

「我不要豬血，我要人血。」瘋豹突發一語。

「什麼？哪來的人血？吃人血幹什麼？你未免太猖狂、太過分了。」施金山發起牢騷，「早知道你這麼貪婪又怪異，就不要雇用你……」

話還未落，瘋豹伸出右手，化成豹掌，朝施金山揮去。施金山嚇了一跳，匆忙閃過，急忙拿出枕頭下防身用的短刀，卻被豹掌從身後順勢，劃過他的頸部……

志達進到院落後，看見施金山躺在血泊之中，而瘋豹拿著茶碗，正用人血餵食昏迷的安南。

「不能喝！」志達試圖阻止，但為時已晚。

瘋豹手中的碗空了，而安南已經喝了人血，悶悶的從口鼻發出怪聲：

「嗯……哼……啊……吼……」

第十五章 對決噬血魔

志達急忙衝進房內把安南推開，瘋豹也被震退。

瘋豹拿走施金山手上的短刀，直接朝志達攻擊。志達伸手格擋，並且想找機會搶下短刀，雙方一來一往，瘋豹因背上有志達打出的傷而漸趨劣勢，情急下彎腰張嘴想咬志達，志達猛的一躍，後彈到牆邊。

安南在這空檔已經彎身抽搐，全身長出黃褐色的獸毛，嘴吻外凸，冒出兩排尖牙，變成一隻黃狼的模樣。

「狂狼，去咬他。我們一起搶走他身上的軒轅石。」瘋豹朝黃狼大喝。

一聽到狂狼，志達驚訝的說：「怎麼會這樣？安南怎麼會變成狂狼？狂狼不是已經死了嗎？」

「哈！狂狼雖死，但蜘蛛沒死，蜘蛛的腹中都是狂狼的毒血，那毒血仍然可以把其他人變成狂狼噬血魔，這就叫做『以血傳魔』。」瘋豹得意的笑說。

志達驚覺瘋豹頭上有個黑點，仔細看去，竟然是隻大蜘蛛。「原來安南是被那隻毒蜘蛛咬傷的。」

「只要蜘蛛寄生到狂狼的身體，狂狼就會完全為主上所用了。」瘋豹又說。

志達一聽，急忙朝瘋豹頭上揮去，蜘蛛機警的跳開，不知去向。

安南變成黃狼後毫不客氣，張牙舞爪直撲志達。志達想要故技重施，點他脾胃經脈上的穴道，好讓他失去行動力，又不至於對他造成傷害。怎耐瘋豹又揮舞短刀過來，將他們隔開。

志達轉而專心應付瘋豹，拳打腳踢幾回合，一個回肘衝擊，終於將瘋豹手中的短刀震落在地上。志達忙將短刀踢開，瘋豹即刻變身回黑豹，張開大口嘶吼，露出比短刀還尖銳的利牙。

黑豹和黃狼左右合擊，一個咬上半身，另一個就撲向下半身，一個咬前面，另一個就攻擊後面，志達瞻前顧後，左支右絀。雖然沒被咬到，但漸漸趨於守勢，功力施展不開。

施金山的妻子聽到騷動，找來幾位家丁，要合力攆走瘋豹。他們一見屋內有兩條猛獸，又見到施金山的屍首，嚇得落荒而逃。

志達繼續採取守勢，幾回合下來根本分身乏術，漸漸招架不住，好幾次都不慎讓尖牙利爪在皮膚上劃過，滲出血絲，再這樣下去必然要遭到兩頭猛獸啃咬，屍骨無存。

志達心慌意亂，全身汗如雨下。

幸好宋大嫂、宋二郎和羽萱及時趕來，志達忙對他們說：「你們三人合力對付那頭黃狼，但是小心不要傷害他，那黃狼是安南變的。還有小心一隻毒蜘蛛，別讓牠爬到黃狼身上，否則黃狼會變成噬血魔。」

三人一同加入戰局，將志達與黃狼隔開，並且逼趕他往屋外退去。

黑豹咬起地上的短刀，甩著頭去攻擊，卻發現不好使，便再次化身為人形，手握短刀往志達身上劃去，試圖割破他的衣服，好讓軒轅石掉出來。

志達一邊閃躲，一邊感應到身上兩股熱流仍在運行，他察覺後頸的脖子上有兩個熱脹的點，似有玄機。他趁機找到空檔，朝瘋豹身上相同的位置點了其中一處，只見瘋豹腳步失穩，重心偏移。志達拉住他的左手，順勢向前一甩，瘋豹忙收回右手護著身體，整個人滾落在地。

瘋豹慘叫一聲，因為手中的短刀竟然不偏不倚插進自己的腹部，鮮血湧出，還原成一頭黑豹，癱在地上喘息。

此時羽萱他們也制伏了黃狼，還拿繩子將他五花大綁，帶進屋內。

志達看見，警戒的說：「有看到蜘蛛嗎？」

「蜘蛛在這兒呢！」只見宋二郎手握一支髮簪，上頭的蜘蛛已沒了氣息。

「剛才我們制服了黃狼，蜘蛛趁機跳到他身上，還好宋大嫂機警，脫下髮簪刺死牠。」羽萱說。

「我這鐵簪原是想用來刺殺施金山的，現在殺了毒蜘蛛，也是為民除害，物盡其用了。」宋大嫂感慨的說。

志達鬆了一口氣。

「你怎麼知道我們在南宋的西湖邊？」羽萱轉身質問瘋豹。

瘋豹緊閉嘴巴，不願作答。

「只要你跟我們合作，回答我們的問題，我會幫你的。」志達說。

瘋豹一聽，支支吾吾了一會兒，最後順從的說：「五毒各自有獨特氣味，主上帶我來到這裡，一路嗅尋毒血的氣味，便知道了你們的下落。」

「如果是那樣的話。」羽萱顯得困惑，「前幾日你跟施金山去到孫府，安南就站在廳堂後面，那時你怎麼沒有聞到安南的氣味呢？」

「我那時並沒有聞到蜘蛛毒血的氣味。」瘋豹回想說。

「我知道了。那時我們身上都是宰殺雞鴨留下的腥臭味，蓋過了安南體內的毒血氣味。」志達忽然領悟。

「啊！」瘋豹忽然驚慌的叫起來，「牠動起來了，牠動起來了，牠知道我有異心了……」

只見瘋豹胸口突起一顆肉瘤，並且瞬間跑出一隻大蜈蚣。

「別讓牠跑掉。」瘋豹驚慌失措，大家也不知如何是好。

「快！打死牠，打死牠！」羽萱慌張嚷嚷。

「大家讓開。」宋二郎情急之下，拔起瘋豹身上的短刀，直接將蜈蚣刺死。

「不行！牠一死，我也會……」瘋豹的話還沒說完就倒回地上，一命嗚呼。

大家都嚇得目瞪口呆，久久才回過神。

「想不到那個主上把五毒和噬血魔的生命連接在一起。」志達說。

「這樣聽下來，還好安南還沒被毒蜘蛛寄生。」羽萱慶幸的說，「可是該怎麼幫助他恢復正常呢？」

「讓我想想……」志達低頭尋思，「也許像上次那樣，我先用內力來探索看看。」

其他人把黃狼扶起來坐正，志達運氣後，將雙掌貼在狼背上，將內力如樹根深入土壤那般，運進他體內。可是這一次志達感受到一股巨大的阻力，應該是安南喝了人血的關係，全身的血液都變成濃稠的毒血，原本如樹根強壯的內力，不斷被壓縮，最終只能像蕈類的菌絲，緩緩滲透前進。

難不成鎖在盲腸裡的毒血都散出來了？志達專心把內力運向盲腸，果然那兒沒有集中濃縮的毒血之氣，想必是人血突破了這道防線，也滋養了蜘蛛毒，讓毒血瀰漫全身，而使安南變成了另一個狂狼。

志達原本想收功休息，另想辦法，忽然自己身上那兩道新熱流，其中之一傳來兩個熱熱脹脹的訊號，一個在頭上，一個來自腳上，而且腳上的熱脹點與頭上的相呼應，宛如心手相連的雙胞胎一般。

這代表了什麼？

志達張開眼睛，看見黃狼的頭上有一個紅點，應該就是當初遭到毒蜘蛛啃咬的傷口，恰巧的是，那紅點的位置，跟自己頭上的熱脹點完全相同。

當初毒血從頭上進入，是否現在也能從頭上出去呢？或許他能試著將毒血運送到那兒，再把它逼出去。

他試著那樣做，可是內力往上運行卻遭到阻擋，猶如千軍萬馬之勢來勢洶洶，志達堅持了好一會兒，全身冒汗卻徒勞無功。

「對了！足部相應的熱脹點或許是在引導我，往那兒推進？」於是志達改弦更張，將內力下壓，緩緩將毒血往下集中。

沒想到這一招見效了。他將毒血往黃狼足下那相應的點集中過去，阻力變小了，似乎受到地心引力相助的關係，順從的往下沉降，直往那一點集中逼近。

說也奇怪，黃狼頭上的紅點慢慢鼓起，漸漸腫成一個膿包。

接著啵一聲，那膿包爆裂開來，噴出暗紅色的膿血。

志達見有反應，趕緊屏氣凝神加緊運功，內力不斷輸入，將黃狼身上的毒血都往足部那一點擠壓，直到一滴不剩為止。

那一瞬間，頭頂的血也不流了，而黃狼已經變回安南。

安南張開眼睛，看見身邊有黑豹和施金山的屍體，惶恐問說：「發生什麼事了？他們怎麼死了？」

「說來話長，有機會慢慢說給你聽。」羽萱還是那句話。

「我們已經知道第二道菜的內力心法了，我也習得了新神功。」志達說。

「雖然我們還沒查出主上的真實身分，但我們消滅了毒蜘蛛、噬血魔和他的毒蜈蚣，收穫不少。」羽萱接著說。

「施金山死了。雖然不是我們殺的，但他引狼入室，咎由自取，我和小叔復仇的心願可以了了。」宋大嫂說。

「那麼我們也該回去了。」羽萱對志達說。

「好。」志達點頭同意。

「走吧！到我那兒去休息，再做打算。」宋二郎說。

「不，我們有該去的地方。」志達說。

宋二郎一臉納悶。

宋大嫂想了想，笑著說：「唉！相處這幾天，竟不知道你們三兄妹兩個是武林高手，一個是遭受魔物的控制，想必你們也是隱姓埋名，有你們的難言之隱吧！既然你們要離開，那麼祝你們一路平安。」

「感謝相助之恩。」宋二郎也拱手說。

雙方辭別一番後，志達帶羽萱和安南來到屋外，然後拿出軒轅打火石和鐵湯匙，大聲喊道：「雷金流火，天地玄黃，元祖叱吒，萬古流芳，天清清，地靈靈，回到出發的地方——」

第十六章 總決賽正式登場

青色大火熄滅後，三人回到「翠堤春曉浙菜館」外面。

由於剛才安南和呂興榮爆發口角，相繼衝出餐廳，因此同桌的大人也急忙出來察看。方子龍雖坐輪椅，行動不便，仍叫阿弟推他出來。

呂興榮看見安南頭臉上血淋淋的樣貌驚嚇不已，忙向大家澄清，「不是我，跟我無關……」

「跟呂興榮沒關係，只是安南身體內的蜘蛛毒血已經排除乾淨了。」志達笑著對大家說。

阿弟過去扶住安南，安南卻看著呂興榮，然後鄭重的向他鞠了個躬。「我要鄭重的向你道歉，對不起，都是我的錯。」

呂興榮一聽態度軟化，也說：「其實我也有錯，我們扯平。」

「這到底怎麼回事？」方子龍問。

嚴書基長老、阿弟和呂太太臉上也都寫滿了疑問。

「我運功把安南的毒血逼出體外，他現在已經恢復正常了。」志達輕描淡寫的說。

「重點是，他們終於真正和解了。」羽萱笑著說。

「那麼握個手吧！」方子龍開心的說。

安南和呂興榮大方的握手，阿弟帶安南去廁所清洗，其他人回到餐廳包廂，繼續和樂融融的享用這一桌好菜。

不料，廚房那頭卻不平靜。

「咦，主廚呢？龍井蝦仁做好了，要給他檢查，人怎麼不見了？」

廚房裡跑出幾個廚子，裡裡外外在找人。

找了半天，他們在儲藏室裡發現老主廚昏了過去，還有一包冰鰥魚。

老主廚被喚醒之後說：「我怎麼會在這裡？剛才，一個老頭子用手在我胸前點一下，我就什麼都不知道了……」

「啊，原來那道西湖醋魚不是主廚做的呀？」

儲藏室內傳出廚子們驚異的議論。

志達一行人在包廂內吃喝聊天，對這件事一無所知。

＊＊＊

聚會結束後，志達迫不及待去找媽媽，幫他修復另一組經脈。媽媽雖然還是不能行動，但是身體又舒服了一些，而且又恢復了部分的知覺。

「這一次的功夫是從哪裡學來的？」媽媽問志達。

「是在餐廳裡吃到『西湖醋魚』，感到超乎想像的酸，後來腦中就感應到祕笈中應該有這道菜名。不知道為什麼會這樣。」志達說。

「太神奇了。」媽媽也感到不可思議，「看來是全脈神功第一式開啟了你的感受力，而且是味覺和心靈結合在一起的感受力。」

「原來如此。」志達恍然大悟。

他接著說起這道菜的典故，還有「油炸秦檜」大快人心的事。

「『油炸檜』就是油條的由來啊，我小時候就聽外公說過了。當時秦檜害死岳飛，人們都痛恨他，杭州城裡的王小二麵食店創了新麵點，因為取名為『油炸檜』而大受歡迎。」媽媽欣喜的說。

「王小二？該不會是宋二郎聽到這件事之後，又隱姓埋名，學了去賣點心吧！」志達心裡狐疑。

「或許吧！」媽媽繼續說著，「大陸有些地方稱油條為油炸檜，香港人叫油炸鬼，臺灣則是油炸粿，其實都是一樣的……」

治好媽媽第二組經脈後，志達心情輕鬆，但體力耗盡，聽著聽著便在安養院睡著了。

隔天清晨，中醫師來針灸，說媽媽的身體有明顯改善的跡象，先是脾經胃經，這回連肝經和膽經也通了，進步神速，非常神奇。

志達聽了開心不已，踏上輕快的步伐去上學。

「嗨！志達。」安南進教室，親切的向他打招呼，身後跟著酷鷹和暴龍。

「你的身體還好嗎？」志達關心。

「神清氣爽。你呢？經過激烈的打鬥，應該很疲倦、很虛弱吧？」安南挺起胸膛說。

「不！我非常好。因為你開始叫我志達，而不是老大了。」志達俏皮回應。

「哈哈哈！」四個男生都心領神會的笑了。

＊＊＊

三天後便是「企業盃廚藝大賽」的總決賽，志達原想繼續代替方子龍出賽，可是阿弟和安南之間的心結未解，是否也應該為這對母子製造一個機會？

下課時，他跑去找羽萱商量，羽萱聽了也很贊成，並且同意和志達一起促成這件事。

這一天放學後，他隨著羽萱回到方家。

見到方子龍後，他故意歉疚的說：「清除安南的毒血耗費了大量的內力，感覺身體非常虛弱，可能無法勝任接下來的比賽了。」

方子龍體諒的點頭，然後打開手機，查看主辦單位寄來的總決賽辦法。

「總決賽一共要比豬肉、牛肉和雞肉三道料理，每種料理各一道菜，而且要以創意取勝。」

「這麼多道菜，每一道都要重新設計，與其讓我上場，害『魯山東麵食坊』輸了比賽，」志達假意提議，「能不能找其他人代替？例如羽萱？」

「我不行，我只會做蛋炒飯。」羽萱配合著搖頭。

「方媽媽呢？」志達又說。

「我沒辦法，我幾乎沒進過廚房。」方媽媽也推卻。

「阿弟啦！」羽萱像是突然想到似的大聲建議，「阿弟天天做菜，根本不必練習。」

「好主意。」方子龍歡喜的說，「我怎麼從來沒想到，阿弟精通越南菜和臺灣家常菜，把這兩者結合的話，就是創意料理了呀！」

方媽媽到廚房把阿弟叫過來，方子龍向她詳細說明緣由，也拿出手機上的參賽資料，最後請她幫忙。

「我不行啦！我從來沒有參加過廚藝比賽，萬一輸了，怎麼對得起老闆？」阿弟慌張而不安的說著。

「你不必擔心，即使輸了還是第二名啊。」方子龍說。

「可是我要做什麼菜才好呢？」阿弟感到無助。

「很簡單，你只要想著，這是要做給安南吃的，這樣就好了。」志達建議。

「安南？」阿弟若有所思，一會兒之後點點頭。「我會努力的。」

「耶！那就這麼說定了。」羽萱興奮的大叫。

「你為什麼那麼開心？」方子龍好奇的問羽萱。

「沒有呀！」羽萱否認，卻很有默契的對志達露出微笑。

隔天志達上學遇到安南，把阿弟要參賽的消息告訴他。

「這回總決賽，機會難得，我們一起去幫『魯山東麵食坊公司』加油。」

「大哥吩咐，小的當然遵命。」安南俏皮的說。

「啊！怎麼又來了個『大哥』？」志達皺起眉頭，「不是說過了，大家都是同學，不要叫我老大，我不想當大哥。」

「好吧！志達小弟。」安南故意亂說，留下一串調皮的笑聲。

終於到了總決賽這一天，同樣的會場，同樣的擺設，但現場湧入更多的觀賽來賓和啦啦隊。

「歡迎兩位晉級總決賽的參賽者出場：一位是『瀟湘煙雨湘菜館』的副主廚洪規果，另一位是『魯山東麵食坊公司』的阮招弟。第一道菜是創意豬腳，計時四十分鐘，開始——」主持人說。

「四十分鐘！」志達嚇了一大跳，因為燉煮豬腳至少也要花費一個半小時，四十分鐘怎麼做得出來呢？除非……

果不其然，洪規果把豬腳煮滾之後轉小火，然後把手覆在鍋蓋上，用內力來加熱。

「洪規果用內力加熱，會不會像上回廖理王煮魚湯，出現雜質的問題呢？」志達問方子龍。

「這和煮湯不同。豬腳膠質豐富，質地堅韌，味道濃郁，只要香料與酒料夠味，並且滷製得宜，可以壓制雜質的氣味。」方子龍回答。

「想不到每一種食材都有不同的學問啊！」志達讚嘆的說著。

「可是這樣不公平啊！」羽萱替阿弟擔心。

沒錯，阿弟不會武功，只能按照正常的步驟來燉煮，因此她費心的在豬腳上刻花，以求加快熟透的速度。

比賽時間結束，主持人介紹評審出場：「有請今天的評審，灶幫的范衛襄前幫主，蕭奉黎長老，嚴書基長老，高莉采長老和巫儀紫長老。接下來，請參賽者發表菜名與創作理念。」

范衛襄領著兩男兩女長老上場。

「我做的是梅干醬汁豬腳。採用醬汁肘子的作法去滷豬腳，另外加進梅干菜增添新風味。」洪規果率先介紹。

「滋味豐富，有別於一般傳統的豬腳作法，非常有特色。」巫儀紫長老在評審吃過一輪後首先發言。

「參賽者功力深厚，短時間內就把豬腳燉到軟爛，吃起來綿稠，肉香又濃郁，非常不簡單。」蕭奉黎長老也說。

其他人沒有評語，紛紛清口，看向阮招弟。

「我的是越式魚露豬腳，不同於醬油冰糖的滷豬腳，屬於白滷不油膩的方式，加了椰奶和魚露增香，是我兒子最愛吃的菜，請大家嚐嚐看。」阮招弟說。

安南一聽，眉毛微微揚起。

評審都感到新奇，紛紛動筷品嚐。

「豬皮頗有彈勁，筋肉軟爛，都融入了淡淡的椰香和南薑香，確實是特殊的清爽滋味，創意十足。」評審之一的高莉采長老說。

「可惜這魚露的腥味太重了。如果是一般燉煮法，一個半小時慢慢把魚露的腥味揮發掉，會留下醇甘的鮮味，但這次時間不到一半，沒有完全去除魚露的腥味啊！」嚴書基長老對這道菜持保留態度。

志達聽完心中緊張，轉頭看向安南，發現他神色凝重，滿臉焦慮。

「你沒有用武功來加成火候，卻用刻花的方式讓豬腳提早燉透，非常不簡單。」范衛襄前幫主說。

眾評審都點頭贊同，又讓志達他們生起一絲希望。

計算分數之後，主持人宣布：「第一場，洪規果獲勝。」

「唉！」安南抱頭叫了一聲。

阿弟輸掉一場，志達雖然難過，但看到安南這樣反應，不禁朝羽萱微笑。

「接下來進行第二場比賽，為時十五分鐘，要比的是創意蔥爆牛肉。」

一旁助理推出兩盤血紅豔麗的現宰牛肉。

「這是今早宰殺的臺灣新鮮黃牛肉，取最高等級的菲力部位，請兩位選手發揮創意，做出最美味的料理。」主持人說。

阿弟神色凝重，洪規果的額頭冒出豆大的汗珠，志達在臺下也很焦急，他對方子龍說：「他們兩個都很緊張。」

方子龍原本直盯著臺上的狀況，轉頭看著志達說：「這是一定的。臺下三百位來賓，都是廚藝界的同行，而蔥爆牛肉是一道快速簡單的料裡，人人都會，可是要創造出全新的滋味，壓力必然不小。」

安南一聽坐立難安，忍不住握緊雙拳。

兩人取走牛肉之後，各自揮刀切成方便入口的柳條狀，然後放入大碗內，加入醬油等調味料使其入味，再加進太白粉水增添滑嫩口感。接著整備配料，青蔥、辣椒、蒜頭、洋蔥，看來兩個參賽者準備的辛香料也差不多。

這樣怎麼比出高下呢？志達憂心不已。難道從爆炒的功夫來分勝負嗎？

架上鐵鍋之後，兩邊陸續開火，都把火力開到最大，爐上燃出純青的火焰。

洪規果先起油鍋爆炒辛香料，通天赤焰隨熱油騰起，香氣四散飄溢。他隨即舀入一小匙粉末，那股香味瞬間被另一層濃香追襲，然後混合出十分濃郁又誘人的香味，在場的眾人忍不住吞嚥口水。

阮招弟也起油鍋爆炒配料，同樣烈焰沖天，香味撲鼻，可是比起洪規果的濃香卻略遜一籌。志達憂心如焚的看著方子龍，方子龍也不安的說：「難道孜然粉就是洪規果的創意嗎？」

加入牛柳快炒之後，兩人都在十五分鐘之內完成作品。

評審們再度上臺，受到孜然的濃香誘惑，他們先一齊走向洪規果。

「請品嚐我的『濃香蔥爆牛肉』。」洪規果說。

五位評審各自嚐了一口之後，不約而同瞪大眼睛說：「太香了！」

志達一聽垮了臉，心涼了半截。

方子龍拍拍他的肩膀。「不要絕望，這『太』字恐怕有學問，而且他們還沒嚐過阿弟做的呢！」

不料讓方子龍說中了，嚴書基長老才剛下嚥，便毫不客氣的說：「這道菜的名字應該叫做『孜然爆牛肉』才對。你的『蔥』、你的『蔥』呢？」

洪規果恍然大悟，面如死灰。

范衛襄前幫主望向高莉采長老，示意她發表評論，但她卻說：「給嚴書基長老說完了。」

其他評審沒有多說，范衛襄前幫主轉向洪規果說：「請發表創作理念。」

「我很謹慎的用了一小匙孜然粉，不料還是犯了喧賓奪主的毛病。」洪規果嘆口氣說。

「比賽中最重要的倒不是技巧，而是謹慎，步步為營，洪規果就是太輕敵了。」方子龍對志達說。

「阿弟呢？她看起來也很不安。」志達還是擔心。

「那是一定的，如果輸了這一場，比賽就結束了。」羽萱說。

他們轉頭看著安南的表情，竟比阿弟還緊張。

此刻評審們已經清好口，過去阮招弟那邊，大概是剛才的濃香衝腦，使得他們都忘了先問菜名就先吃起來。

「咦？」高莉采長老先開口，「似曾相識的一股味道。」

「確實在蔥香和牛肉味之外，多了一項奇特的美味。」巫儀紫長老也說。

范衛襄前幫主放下筷子，微笑的點頭說：「有意思了。」

「這道菜怎麼讓我覺得有喜悅，有疲累，有擔憂，又有期待……是什麼？是什麼……」高莉采長老還在推敲。

高莉采長老嘀咕了半晌，蕭奉黎長老忽然低頭抽搐了兩下，然後忍不住握住拳頭仰天爆哭：「娘啊，奉黎想你呀——」

眾人都被這突如其來的舉動嚇呆了。

第十七章 感動的和解時刻

主持人在臺上目瞪口呆，不知該如何處理這場面。

「蕭奉黎長老，你……」嚴書基長老也尷尬起來。

蕭奉黎長老知道自己失態了，急忙擦乾眼淚，尷尬笑說：「真抱歉！這味道讓我想起了小時候在娘親懷抱中的氣味，唉，我過世二十多年的娘親呀！」

「啊，我知道了。」高莉采長老忽然靈光閃過，轉身指著阮招弟逼問：「快說，這道菜叫什麼名字？」

阮招弟準備好久了，大聲公布：「乳酪蔥爆牛肉。」

「對了！就是這乳香，不，是乳臭，難怪我剛剛也想起了我的兩個孩子呢！」巫儀紫長老拍手大叫。

「我選用了帕瑪森乾酪粉，乳香重，帶有淡淡的乳臭味。」阮招弟繼續說。

原來，之前大家的目光都被洪規果吸過去，忽略了阮招弟在起鍋前，除了淋香油提香之外，還撒上了不少白色的粉末。

「難怪牛肉透出人人熟悉的味道，卻又讓人一下說不出來。」范衛襄前幫主欽佩的說：「牛肉配上乳酪，毫無違和感，還暗喻著母子親情，大概只有當過母親的人，才想得出這樣偉大的創意。」

阮招弟一聽，當眾落下傷感的眼淚。

「你怎麼哭了？」主持人好奇發問。

「對不起！」阮招弟擦去眼淚，「我剛才腦中閃過懷胎十月的辛苦，兒子出生後養育他的辛勞，一家三口曾經擁有的甜蜜時光，但是後來……」

她不免又悲從中來，無法繼續說下去。安南在臺下聽了，也跟著紅了眼眶。

主持人拿到評審結果之後，宣布說：「這一場，評審們沒有異議，由阮招弟獲勝。到此為止，雙方各勝一場，將在下一場比出高下。請繼續第三場雞肉料理，必須做出澱粉類主食，搭配創意雞肉料理，計時三十分鐘，開始——」

最關鍵的一役，雙方的親友團都忍不住站起來加油。

「瀟湘煙雨得第一——」

「魯山東麵食坊加油——」

「阿弟加油——」

喧鬧中，志達清楚聽見安南也激昂的說著：「媽，加油——」

只見洪規果一邊煎雞腿，一邊削芋頭的外皮，雞腿煎好之後切塊，然後把芋頭也切塊下去油煎。他刻意挑出比較不易粉爛的部分，放進果汁機中加入高湯打成泥，又再倒回鍋中，拌入雞腿塊一起煮。最後放入高湯、香菇絲和油蔥熬煮一會兒，就完成了。

阮招弟這邊卻是先洗米煮飯，然後把雞腿逆切，加入米酒、醬油、味醂略微醃漬。接著切洋蔥、蔥絲和韓式泡菜，再在大碗中打入三顆雞蛋，等飯煮好後，盛入另一個大碗備著。另一邊，她把雞肉用平底鍋煎熟、炒軟洋蔥和蔥絲，放入韓式泡菜，最後淋上蛋液，在蛋液將熟未熟之前，整鍋鏟起，鋪在白米飯上。

結束時間一到，洪規果先報上菜名：「我的是芋頭香菇雞腿。在澱粉類食物之中，芋頭是香氣最濃的，搭配雞腿肉的脆感，很能符合題目的要求。」

評審逐一品嚐。

「芋頭角入口時似乎是硬的，但舌頭輕輕往上壓就崩開了，外層有濃稠的芋泥，綿密細緻，口感十分豐富。」巫儀紫長老說。

「雞肉煎得十足焦香，咬起來又彈又脆，配上芋頭的香氣和口感，真是雙重享受。」嚴書基長老也說。

接著換阮招弟介紹她的菜。

「我的雞肉料理是泡菜親子丼。這一碗白飯就像一個家庭，雞肉是媽媽，雞蛋是孩子，泡菜的酸與辣是家裡的風風雨雨。雖然大人跟孩子難免吵吵鬧鬧，就像這酸辣的泡菜，給口腔輕微疼痛的刺激感，但是一家人的心還是緊密牽繫在一起的。」

安南聽到這兒，忍不住揉揉眼睛。

評審們清口後都吃了。

「這是簡單的家常菜，結合日式和韓式風格，但不能算非常有創意。」高莉采長老嚴肅的說。

「這一道菜看起來並不突出，作法簡單缺乏技巧，雖然吃起來滋味普通，也沒有創造出新風味，但是，我怎麼覺得……覺得……心中有股感動……」蕭奉黎長老說著不住的眨眼睛。

「對了，感動。大家感受一下，哪一道菜給你多一些的感動？」范衛襄前幫主說。

評審們也陷入深思，還開會討論表決。

主持人拿到成績結果之後，興奮的向在場眾人宣布：「各位來賓，本屆灶幫所主辦的『企業盃廚藝大賽』，經過漫長的賽事選拔，終於出現了冠軍。冠軍是……」

這時全場都靜默下來，人人心中都敲著戰鼓，屏氣凝息，熱烈期待。

「比賽結果三比二。泡菜親子丼一票險勝。冠軍是『魯山東麵食坊公司』……」

阮招弟摀著胸口，不敢置信的張嘴大叫。志達、羽萱和安南都跳起來歡呼，方子龍也拍手稱慶。

洪規果黯然下臺，魏鼎辛過去怪罪說：「為什麼不用我們湖南菜的東安子雞去配麵線，搞什麼芋頭香菇雞，太匠氣了！你懂不懂評審的口味呀？他們吃膩了山珍海味，看到沒技巧的平實作品就會多想兩秒……」

洪規果像鬥敗的公雞，低著頭乖乖挨罵。

阮招弟來到大家面前，眾人都向她道賀。

「冠軍的獎金三十萬元，志達和阿弟都有功勞，我決定給志達十萬，阿弟二十萬。」方子龍大方的說。

「真的嗎？好多錢呀！」志達驚喜的說。

「你就大方收下，給你媽媽養病用吧！」方子龍點點頭。

「老闆，那你呢？」阿弟說。

「我不用啦！公司因為這場比賽得到許多廣告效益，我很滿足了。」

羽萱轉身面對安南。「你媽的心思都在你身上，決賽裡每道菜都是想著你做出來的呀！你知道嗎？他在我們家煮菜時，常常說我家安南喜歡吃這個，喜歡吃那個，我爸媽都說你就多煮些帶回去給孩子吃，她就很高興。」

「嗚……」安南終於忍不住，摀著臉大聲哭出來。

「別哭啊。」阿弟上前抱著他。

「喜極而泣！喜極而泣！」方子龍笑著說。

志達和羽萱相視而笑，那笑容中除了溫馨的感動，還有一絲成就感。

＊＊＊

廚藝大賽結束後隔天，志達去到安養院探望媽媽，媽媽得知比賽結果也很開心。

「媽，你有沒有需要什麼？我這就去買。」志達問說。

「我整天躺在床上，除了健康還需要什麼？而健康豈是金錢買得到的？」媽媽笑著說，「但如果是你爸得了一筆錢，第一個想到的就是去幫助需要的人。」

「需要的人？」志達想起那天跟安南不小心掉進育幼院的事，「這附近有一家育幼院。我買一箱麵包和牛奶，送去給他們吃，你說怎麼樣？」

「當然好。」

志達馬上用手機聯絡羽萱，約她一起過去，羽萱爽快的答應了。

兩人買了好多麵包和牛奶，拎著提袋到育幼院去。

到了育幼院的巷口，他們看見有人騎著機車從裡面出來，那個人戴口罩、安全帽，看不清面容，但那臺機車和那個人的背影，志達都覺得似曾相識。

院長是一位老太太，得知他們的來意，非常歡迎。隨即收下禮物，帶他們到院裡參觀。

「我怎麼覺得剛才那個人，好像是阿弟啊？」羽萱轉頭問志達。

「啊，你不說我還想不起來，只覺得那臺機車和背影很眼熟。」志達恍然被點醒，「真的是她。她來這裡幹什麼？」

院長聽到他們的對話便說：「那位太太用『安南』的名義捐款已經很久了，這次卻大手筆一次捐了二十萬。你們認識她嗎？她堅持不肯留下真正的姓名，我想，你們也幫她保密吧！」

「哇！」羽萱讚嘆，「阿弟真是個好媽媽，默默的在為安南行善。這劉安南如果再惹阿弟生氣，我一定不客氣，好好教訓他。」

「阿弟不只是好媽媽，她濟弱扶傾，慷慨好施，雖然不是灶幫的廚俠，卻是真正的女俠。」志達也佩服的說。

晚上他們約了安南一起到安養院，認識了現任幫主陳淑美。

安南得知志達母子的遭遇後，不禁說：「跟你比起來，我幸福多了。」

「你知道就好，你以前是人在福中不知福。」志達虧他。

「志達的媽媽是臺菜高手，阿弟是越南菜高手，兩個人如果來場廚藝競賽，一定很有看頭。」羽萱說。

「志達，快幫媽媽想一道好菜。」陳淑美笑著說。

「沒問題。我們推出化骨通心鰻，無骨無刺，肉質彈牙鮮美。你們拿出什麼來比？」志達驕傲的說。

「我們用越式牛肉河粉，用熱湯燙熟的牛肉片非常軟嫩，加上蝦醬的鮮鹹，檸檬的酸香，絕對贏你們。」安南不假思索的說。

「哎呀！什麼跟什麼？鰻魚和牛肉放在一起該怎麼比？別胡扯了。」羽萱摸摸肚子說：「倒是被你們一鬧，我肚子都餓了。」

「我也餓了。」安南說。

「那我們去夜市，到我阿姨開的熱炒攤子吃大餐。」志達提議。

「可是我沒帶錢。」安南說。

「我也沒帶錢。」羽萱說。

「喂！你們可不要白吃白喝，害你阿姨賠錢。」陳淑美提醒。

「放心。」志達笑著說，「我有獎金，我請客。」

於是三個孩子便開開心心的往夜市去了。

他們離去後，安養院的窗簾後方隱約出現一個黑色人影。

雖然在昏暗的燈光下，人影是黑色的，但當路上車子經過、車燈照進來時，卻可以看見他穿著一身的白袍。

（第二集全文完）

廚俠必備祕笈

志達和羽萱經歷了重重難關，終於順利取得了名菜心法。兩人將一路上的遭遇記錄成一份成為廚俠的必備祕笈，快來看看你懂得多少吧！

杭州岳飛祠

招式一 一代名將岳飛

岳飛是中國歷史上有名的武將。靖康之難後，北宋滅亡，繼位的宋高宗趙構在臨安（今杭州）建都，開啟了之後一百五十年的南宋偏安時期。岳飛治軍有方、驍勇善戰，曾率領南宋軍隊數度北伐抗金，卻因為宋高宗擔心徽宗、欽宗還朝後，自己的地位必將不保，所以一連下了十二道金牌召回岳飛，之後又以「莫須有」的罪名，賜死了岳飛父子。傳說岳飛有句名言：「文臣不愛錢，武臣不惜命，天下當太平。」雖然一代名將結局淒涼，卻在後人心中留下不滅的「忠義」形象，以及〈滿江紅〉等為人熟知的文學作品。

招式二 重文輕武的宋朝

從名將岳飛，到故事中宋二郎為了報仇潛心苦讀，不難看出宋朝是一個「重文輕武」的朝代，而提到這一風氣，就不能不提宋朝開朝皇帝趙匡胤。趙匡胤原是後周的一個禁衛軍將領，一次奉命出征時，趙匡胤的弟弟和手下士兵拿出預先準備好的黃袍披在他身上，尊其為天子，後來趙匡胤率領軍隊回京，不費一兵一卒就推翻了後周，建立宋朝。趙匡胤成為皇帝後，忌憚底下的武將，哪天也會篡奪自己的皇位，所以就在酒宴中暗示他們交出手中的兵權，也定下宋朝三百餘年來「重文輕武」的風氣。

宋太祖像

招式三 神荼和鬱壘

神荼和鬱壘是傳說中最早出現的門神，傳說滄海中有一座山叫做度朔，上面有一棵大桃木，是眾鬼往來人間的通道。為了防範惡鬼作亂，黃帝命令神荼和鬱壘兩兄弟在桃木上看守，若發現不肖的鬼魅，就把它們綁去餵老虎吃。後來人們過年時，都會在門口掛上刻有神荼和鬱壘樣貌的桃板，用意就是在於驅趕惡鬼，也讓他們成為替家家戶戶保平安的「門神」了。後人漸漸用紙張取代桃板，演變成今日的春聯。另外在《西遊記》中，唐朝時的名將秦叔寶和尉遲恭，為了保護唐太宗不被龍王鬼魂侵擾，鎮守宮門，也是常見的門神形象代表。

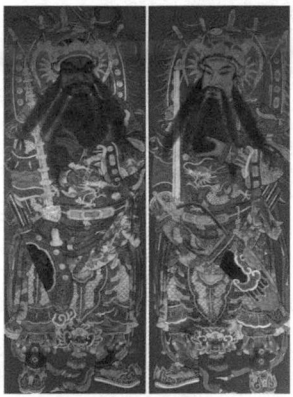

常見於廟宇大門的門神像

招式四 有趣的宋朝美食

宋朝是個講究美食的朝代，後人研究《清明上河圖》，發現畫中的房屋攤販，光是賣吃的就占了將近一半。北宋滅亡後，大批人口遷徙到南方，也把北方的飲食文化和南方的食材融合在一起。以故事中孫府喜宴上的菜色來說，炙雞、燠鴨是烤雞、烤鴨；水晶膾是取動物油脂豐富的部位，在蒸煮過程中去除雜質，放涼凝固成晶瑩剔透的肉凍；還有宋朝的羊肉昂貴稀有，像砂鍋軟羊這類羊肉料理只會出現在達官貴人的餐桌上。最後是名字讓人一頭霧水

招式五 八月十五殺韃子

月餅

關於中秋節吃月餅有一則流傳許久的傳說。元朝末年時，漢人因為不滿長期被蒙古人統治、欺壓，有許多反抗軍揭竿起義，然而官府戒備森嚴，起義的訊息沒有辦法傳播出去。這時，朱元璋底下足智多謀的軍師劉伯溫想出了一條妙計，他將紙條塞進了月餅中，上面寫著：「八月十五殺韃子」，等百姓吃了月餅、發現訊息，就可以支援反抗軍的行動。然而這段故事並未記載在正史之中，加上中秋節吃月餅的習俗最早可以追溯至唐朝，所以後來就有學者認為，這段故事是清末的反清人士特意編撰的，目的在於喚起當時人民對異族統治的記憶，表面上是抗元，其實是要推翻清朝。

北宋張擇端所繪的《清明上河圖》（部分）

的麵食類，宋朝人將麵粉做成的食物稱為「餅」，現代的饅頭在當時是「炊餅」或「蒸餅」，包子被他們叫做「饅頭」，而餃子則是「餛飩」。若有機會回到宋朝一遊，別忘了記清楚這些名字，就不會像志達他們那樣搞錯了。

招式六 文人騷客的最愛

江南為魚米之鄉，魚鮮食材在江浙菜中占了很大的比例，而這裡的美麗風光，自古以來也吸引文人騷客在此駐足停留，並留下了許多經典名菜的故事。比如「龍井蝦仁」，傳說就是乾隆皇帝下江南時，酒店裡的店主人誤將乾隆拿給他沏泡的茶葉，加進了炒好的蝦仁裡，結果意外鮮美清香。而「東坡肉」則是北宋有名的才子蘇軾在當地擔任父母官時，治水有方，百姓送了許多豬肉給他，而蘇軾又料理成紅燒肉回贈，不僅讓「東坡肉」成為當地的一道名菜，也蔚為一段佳話。

東坡肉

少年天下系列 043

少年廚俠 2：西湖鳴冤記

作　　者｜鄭宗弦
繪　　者｜唐唐

責任編輯｜李幼婷
封面設計｜黃聖文
內頁排版｜極翔企業有限公司
行銷企劃｜葉怡伶

發行人｜殷允芃
創辦人兼執行長｜何琦瑜
副總經理｜林彥傑
總監｜林欣靜
版權專員｜何晨瑋、黃微真

出版者｜親子天下股份有限公司
地址｜台北市 104 建國北路一段 96 號 4 樓
電話｜（02）2509-2800　傳真｜（02）2509-2462
網址｜ www.parenting.com.tw
讀者服務專線｜（02）2662-0332　週一～週五：09:00~17:30
讀者服務傳真｜（02）2662-6048
客服信箱｜ bill@cw.com.tw
法律顧問｜台英國際商務法律事務所．羅明通律師
製版印刷｜中原造像股份有限公司
總經銷｜大和圖書有限公司　電話：（02）8990-2588

出版日期｜ 2018 年 3 月第一版第一次印行
2021 年 7 月第一版第十七次印行
定　　價｜ 280 元
書　　號｜ BKKNF043P
I S B N ｜ 978-957-9095-47-1（平裝）

訂購服務
親子天下 Shopping ｜ shopping.parenting.com.tw
海外 ． 大量訂購｜ parenting@cw.com.tw
書香花園｜台北市建國北路二段 6 巷 11 號　電話（02）2506-1635
劃撥帳號｜ 50331356 親子天下股份有限公司

立即購買 >

親子天下 Education · Parenting · Family Lifestyle　親子天下 Shopping

親子天下 有聲故事書

國家圖書館出版品預行編目資料

少年廚俠 . 2, 西湖鳴冤記 / 鄭宗弦文 ; 唐唐圖 . -- 第一版 . -- 臺北市 : 親子天下 , 2018.03
216 面 ;14.8X21 公分 . -- (少年天下系列 ; 43)

ISBN 978-957-9095-47-1(平裝)
859.6　107002179

圖片出處：
招式一　By Siyuwj - Own work, CC BY-SA 4.0, via Wikimedia Commons
招式二　By Unknown , Public Domain, via Wikimedia Commons
招式三　By Shutterstock.com
招式四　By Zhang Zeduan- Baidu Tieba, Public Domain, via Wikimedia Commons
招式五　By Shutterstock.com
招式六　By Shutterstock.com